那么远，这么近

一位金融家的文化探索之旅

陈思进 著

SPM 南方出版传媒 广东人民出版社
·广州·

图书在版编目（CIP）数据

那么远，这么近：一位金融家的文化探索之旅 / 陈思进著. —广州：广东人民出版社，2017.4（2020.1重印）
ISBN 978-7-218-11674-7

Ⅰ. ①那… Ⅱ. ①陈… Ⅲ. ①随笔—作品集—中国—当代 Ⅳ. ①I267.1

中国版本图书馆CIP数据核字（2017）第041339号

NAME YUAN，ZHEME JIN：YIWEI JINRONGJIA DE WENHUA TANSUO ZHI LÜ
那么远，这么近：一位金融家的文化探索之旅

陈思进 著

出 版 人：肖风华

责任编辑：郑 薇
封面设计：今亮后声 HOPESOUND pankouyugu@163.com
责任技编：周 杰
图片来源：达志影像 维基百科

出版发行：广东人民出版社
地 址：广州市海珠区新港西路204号2号楼（邮政编码：510300）
电 话：（020）85716809（总编室）
传 真：（020）85716872
网 址：http://www. gdpph. com
印 刷：阳谷毕升印务有限公司
开 本：787毫米×1092毫米 1/32
印 张：7 字 数：72千
版 次：2017年4月第1版
印 次：2020年1月第4次印刷
定 价：48.00元

如发现印装质量问题，影响阅读，请与出版社(020-85716849)联系调换。
售书热线：（020）85716826

诸神的清晨

◎ 罗敷

一看到思进的新作《那么远，这么近》，立刻就想到自己2015年出版的《这么慢，那么美》。思进的书写北美，我的书写北欧，两相呼应，说是姊妹书也可以，称作系列篇亦可，因为我的《这么慢，那么美》，本就是当时思进策划的“美国凭什么”和“北欧凭什么”系列构思之一。所以一看书名，便先有几分亲近感。

读思进的书，永远是带着想了解经济的渴望去读，而意外地颇有丰厚的生活体验之收获。

如果不读其书，至今还不知道在北欧最最流行的Buffen自助餐，在北美原来叫做“potluck”，亦不知道在辽阔的、一望无际的葡萄种植园，从一颗珠宝般“钻石恒久远，一颗永流传”的晶莹剔透的葡萄，到一杯倒映着你灵魂原色的酒，中间隔着一千种干红、干白、伏特加、白兰地、拉菲，以及加拿大“镇国之宝”——冰酒！而一颗葡萄生长的秘密，就是一个沉醉在美酒中懒得自拔的民族发展的列传。“在欧美（可能澳大利亚除外），白兰地被广泛认为是“男人的饮料”。英国著名作家塞缪尔·约翰逊是这样评价白兰地的：“干红葡萄酒是男孩子喝的，产自葡萄牙的甜而烈性的葡萄酒是男人的饮料，而渴望成为英雄的男人必须喝白兰地。”思进在书中如此描述，看着不免使人热血沸腾。既然如此，如果想成为英雄的男人们都去喝白兰地了，OK，那么女人们只好喝闪耀着钻石般光芒的冰酒了，白兰地是热烈的欲望，冰酒是冷静的征服。这场面未免让人不厚道地想到斗牛场上好胜的公牛与优雅华丽、技巧十足的斗牛士的关系：每一个喝白兰地的热血男人背后，都有一个十足会品冰酒的善于征服的女人。幸而生活是温和的，在冰与火两者之间，创造了咖啡这样温情又温存的性情中饮品。

当我以为定居北欧多年，已经了然咖啡百态的时候，谁知在思进书中，又冷不防一头扎进一个新的北美咖啡世界。“我留意到墙上的目录，一年四季变换着各种咖啡的风味。通常冬天喝Crème Brulee最感温暖，春天点Pecan Torte会增添好心情，夏天一杯Blueberry Crème感觉沁人心脾……除了这些特色咖啡以外，店里还供应各种各样的咖啡调味剂，如巧克力、薄荷、丁香、柠檬汁、香草奶油和奶精等。”好吧，一杯咖啡，生生喝出了人间四季，我还有什么好说呢！

想一想现在走在北欧街头，逛街累了，进一家类似于星巴克连锁的ESPRSSO，常点的，不是拿铁就是卡布奇诺，相比活色生香的咖啡四季，顿时感觉自己是咖啡世界门外的野蛮人了！今年畅销的以色列作家尤瓦尔·赫拉利在其著作《人类简史：从动物到上帝》里提到一个有趣的假设：在人类缓慢的进化之路上，曾经驯化过猪、牛、羊、小麦等动植物，而其中驯化最为成功的，则是小麦。但是，尤瓦尔悲愤地发现：与其说是人类驯化了小麦，毋宁说是小麦驯化了人类！狡诈的小麦利用自己的美味欺骗人类去种植她，进而对其他妨碍其生长的植物如稗子等斩草除根。漫长的进化之后，小麦成功地让自己的DNA遍布地球每个角落，成了优胜劣汰自然法则里最大的赢家。其实，除了小麦，咖啡又何尝不是！像美酒一样，咖啡成功地控制着人类的思维情绪和身体需求。当整个西方国家超过三分之二的人都矫情地宣布，设若早晨起来没有一杯咖啡，简直都难以面对人生时，我们不得不承认，这颗小小的咖啡豆，的确亦是漫长进化史的大赢家之一！

喝咖啡就需甜点作伴，善解人意的甜点不仅中和了咖啡因里微量的毒素，而且让咖啡时间变得层次丰富起来。但是，普通的甜点蛋糕倒也罢了，“想象一下，假如有一个结婚蛋糕价值2000万美元，而且就展示在你我的面前，您是否舍得在如此昂贵的蛋糕上动刀呢？这个世上最昂贵的奢华蛋糕，是由纳希德糕点艺术公司的蛋糕设计师，以及著名珠宝设计师咪咪·索默联合制作的。当这个蛋糕亮相于比佛利山庄罗迪欧大道时，它被一群身穿制服的警卫护卫着，镶满钻石的蛋糕在水晶灯的照耀下，散发出五光十色，说它是艺术杰作一点也不为过”。这么昂贵的由珠宝设计师参与制作的蛋糕，是用来仰望的吗？这位曾经在华尔街金融精英圈里奋战过二十多年，甚至亲历“9·11”的思进，引用了经济学家加尔布雷思提出的“涓滴理论”，所谓雨露均沾，在咖啡时间为懵懂无知的吃瓜群众解释为什么富人们有钱爱折腾："如果你有足够的燕麦把马喂饱了，剩余的就可以喂饱麻雀。"在这里，看破金融真相的作家为我们揭示了人际社会凡事张扬运作的根源以及希望达到的终极目标：仁者爱人，关怀与合作！这恰与纳什提出的共赢理论遥相呼应。

曾经住在古城西安，觉得月夜独自吹埙于城墙高楼，锦瑟无端五十弦，一弦一柱都能拧出历史华丽丽的水分，仿佛敦煌飞天漫天洒下花雨。大学时代背包去尚未过度开发的大研古镇束河小镇玩耍，清冽冽的河水从远方看得见的玉龙雪山一路蜿蜒而来，穿城而过，便觉得彩云之南，别有仙山。及至到了北欧，又被这里真真切切的"青山，绿水，蓝天，白云"蛊惑，觉得世间如果真的有伊甸园，便是北欧斯堪的纳维亚半岛诸神居住的地方了。然而看了思进书里描述的北美之旅，觉得世界这袭华丽的袍，我不过掀了其中小小一角而已！思进是金融作家，业内出身，讲起金融、经济，头头是道。而我们可以设想一下，原本金融是金融，奢侈品是奢侈品，而以一位金融作家毒辣老到的眼光来评判奢侈品，是不是又别有一份窥破真相的惊心动魄？仿佛矛与盾之争，冰与火之歌！一切的奢侈品，在作为老司机的金融作家这里，都有了追根溯源的意义。我们凡人看奢侈品，总仿佛如突然之间被车灯照到的鹿，懵在那里，发生信仰般的感叹：有钱真好！而在思进那里，却大象无形，从容淡定地为我们揭所谓奢侈品的老底子，告诉你何谓真正的奢侈品！

年少的时候，为赋新词强说愁，曾虔诚地在日记本上抄写过这样一段话：水晶一样透明的，那是我，看穿我只需凝眸一瞬，打破我只需弹指一挥，而想要走近我，却需经过意想不到的距离。今天看思进《那么远，这么近》的书名，忽地想起年少不更事时在下午课的自习室里写下的这段话。如今看这本书深有感触，世间美酒、美食、美景，甚至山与大海，甚至鱼与飞鸟，甚至从一粒咖啡豆到一杯咖啡的距离，甚至从一粒葡萄到一杯美酒的奥义，甚至从中国到北美，从北美成片的葡萄种植园到北欧连绵起伏的海与森林，甚至藏在昂贵的奢侈品里你看不见的匠人的严谨与质朴，甚至阿肯色州钻石公园里，12岁小男孩捡到的“上帝之荣耀”钻石里时间的凝固与流动，都在这里。

生活的实质，仿若一场追寻，凡事凡物，你不了解它的时候，它是天上繁星一颗，而你了解它的时候，它是手中钻石一粒。也许那些远远近近让你永远不甘放弃的东西，才是生命历程的魅力所在！

2017年鸡年初一写于瑞典

目录 Contents

第一部分 / 畅饮无限 /

第二部分 / 饕餮时光 /

第三部分 / 食游北美 /

第四部分 / 人人都爱奢侈品 /

TAHOE
BLUE
MOE'S BOOKS
BEER
NIKE
ESON
WHISKEY
JAMESON

第一部分

畅饮无限

1 软饮料的甜蜜“陷阱”

最近几年我回国频繁，每年至少一次。国内的变化与我二十多年前出国时相比，高速公路、地铁、桥梁、动车、高铁、高楼大厦以及城市风貌，完全是别有一番天地了，就连商场里的商品与20年前相比较，也有目不暇接的感觉，单单汽水类的品牌就有几十种之多。

我仔细观察了一下，除了出国前我所知道的可口可乐和百事可乐外，现在又多了汇源、酷儿、醒目、露露、七喜、椰树、澳的利、佳得乐、康师傅……而且很便宜。不禁感慨万千！

想想30年前，国内一般工薪阶层的月薪就只有四五十块人民币，而可口可乐和百事可乐一瓶要6块钱，那可是超高档的消费。那时家里有冰箱的上海人总会备上一两瓶可口可乐，自己当然是舍不得喝的，口渴了有自制的酸梅汤或凉茶，经济条件允许的人家，顶多也就消费2毛钱一小瓶的国产橘子汽水。只有当客人来串门时，才会从冰箱里拿出可乐倒上一杯给客人，显示主人待客的派头。那个时候有谁会拿可乐当凉开水喝呢？

而20世纪90年代初，红葡萄酒和白葡萄酒还远未像现在这么流行，更别说什么拉菲酒，可能连听都没有听说过。因此，当我20年前刚到美国时，发现这里的超市与国内大小相同的瓶装可口可乐，居然只要九毛九美分，比瓶装矿泉水还便宜。以美国当时最低的法定薪水1小时5美元来计算（大多数留学生打工的时薪），打1小时工可以买5大瓶可乐，简直是太便宜了。美元定价权在此已经非常清楚了，美国超市1美元的可乐，在中国就得6元人民币。

相对于至少10美元一瓶的红、白葡萄酒，可口可乐最便宜，俨然成了聚会中的主打饮料，所以每到寒暑假，我们这些崇尚“洋气”的留学生，在学生开派对的频繁时节，无不喝个痛快，因为大多数留学生得自己攒学费。

而我就更“幸运”了，在快餐店打工的时候，由于中午客人多，前台共四个人进行流水操作：由一个人先接单子，第二个人根据单子给客人盛饭菜，然后再装饮料给客人，最后让客人结账走人。我就是那四个程序中专门装饮料的那一位。当客人站在我面前时，我先亲切地问一声：Anything to drink？大多数的客人会选择可口可乐，其次是Diet Coke（低糖可乐），再是百事可乐，喜欢雪碧的客人最少。

当中午最高峰的午餐时间一过，我除了为闲散的客人装饮料，大多数时候都是和老板、同事天南地北地闲聊，还可以打开饮料龙头，把各种各样的饮料随意喝个够，用“近水楼台先得月”来形容，是再恰当不过了。

在同学的聚会上大家谈起打工经历，有些同学就特别羡慕我，说我不但工作轻松，喝饮料不花钱，而且工资还不低。当时我也庆幸自己够“幸运”，殊不知后来为此而付出的代价：毕业进公司之后，有了医疗保险的第一件事，就是对身体进行全面检查，可以说是从头到脚。结果牙医告诉我，我有七颗蛀牙，这个结果吓了我一大跳。我不吸烟，也很注重口腔卫生，怎么可能？问诊下来，牙医断定我喝了太多的碳酸饮料。于是我忍痛割爱，就此戒除了喝软饮料的习惯。从此以后，软饮料广告的狂轰滥炸，对我而言不会再起任何作用。

最后我送进牙医腰包的钞票，几倍于当初在软饮料上省下的钱，真真正正为美国财政做出了巨大贡献。

2 葡萄酒：派对中的主角

众所周知，葡萄酒是酒精饮料，通常由葡萄果汁发酵制成，而葡萄的天然化学平衡使得发酵过程无需再添加糖、氨基酸、酶或其他营养物质，由酵母消耗葡萄糖，使其转换成酒精。因此不同品种的葡萄和酵母菌株，会产生不同类型的葡萄酒。

假如留意的话，我们在酒庄还会看到Apple Wine（一般称果酒，用苹果制成），或Ginger Wine（姜酒，是混合白兰地强化而成），还有Barley Wine（青稞酒）或者Rice Wine（米酒），虽然所用的都是英文“wine”，但代表的并不是相同的酒。因此，英文单词“wine”的商业用途，在许多司法管辖区受到法律的保护，所指的是单一的“葡萄酒”。

而葡萄酒的历史可谓源远流长，可以追溯到几千年前。我们知道的最早的葡萄酒生产，大约发生在8000年前现代格鲁吉亚的领土上，而在公元前4500年开始在巴尔干地区出现，常见于古希腊、色雷斯或罗马。葡萄酒在整个宗教历史中也发挥着重要的作用，希腊神狄俄尼索斯和罗马的巴克斯相当于酒神，葡萄酒也被用于基督教的圣餐仪式，以及犹太祈福式的礼仪中。

鉴于葡萄酒在西方的渊源和历史，葡萄酒在公司派对中之主角地位也就不足为奇了。我1994年毕业进入华尔街后，为了适应公司的文化，就必须学会喝红酒。

每逢公司的小会、大会或年终派对，我都像同事那

法国南部的葡萄园

样，在喝酒之前先晃动酒杯观看酒色，查看杯中红酒是否挂杯（因为好的红酒会挂在杯壁），再煞有介事地闻一闻酒香，尔后才喝一口到嘴里，喝的时候舌尖顶着红酒，像漱口一般让红酒在嘴里绕几个来回，最后才把红酒吞下喉头。

论起葡萄酒的品种，以成品颜色来说，可分为红葡萄酒、白葡萄酒及桃红葡萄酒。而以含糖量来说，红葡萄酒又可细分为干红葡萄酒、半干红葡萄酒、半甜红葡萄酒和甜红葡萄酒。白葡萄酒可分为干白葡萄酒、半干白葡萄酒、半甜白葡萄酒和甜白葡萄酒四类。以酿造的方式来说，又可以分为平静葡萄酒和起泡葡萄酒、加烈葡萄酒和加味葡萄酒四类。

而不同类别的葡萄酒，其价格也是各异的。撇开上千美元的顶级红酒不论，那个价位与普通百姓距离太远，在北美的酒庄里，四五十美元一瓶的葡萄酒就已经达到收藏的品级了，到了节假日拿来与朋友一起分享，大家谈天说地，喝到微醺状态，那简直是妙不可言！

由于葡萄酒因纬度、气候及地形等自然条件的限制，再加上人文历史传统和政府的管制规定等因素，法国葡萄酒依然是世界上最佳的葡萄酒生产国。

法国在2015年共有超过78万公顷葡萄园，葡萄酒产量超过47.5亿公升。喜爱法国葡萄酒的朋友，在购买红酒时请认清酒瓶上的产地，它们分别是：波尔多、勃艮第、香槟区、阿尔萨斯、隆河谷地、卢瓦尔河谷地、朗格多克-鲁西永、西南产区、普罗旺斯、科西嘉岛、汝拉、萨瓦以及洛林。

葡萄酒的酒精含量一般为8%~15%，然而加烈葡萄酒的酒精含量可能会更高，比如开胃酒和甜点葡萄酒中，约有14%~20%的酒精含量，目的是为了使口感更加甜美。

因此，货真价实，是享受葡萄酒文化所必须具备的基本要素。

3

价值连城的拉菲

至今长盛不衰的葡萄酒文化，可谓经受了流行时尚的考验。红酒不仅带给我们浪漫与摩登，更让我们记住了酒香留唇间背后的深意。懂得红酒的人都知道，酿造红酒的每一株葡萄，无不记载着岁月的痕迹。千百株葡萄经过岁月的磨砺，变成了千百种红酒，由此汇成了一条流淌千百年的酒文化之河。

手握一杯上等红酒，望着红宝石般的液体在杯中荡漾，谁都会忍不住轻啜一口，在享受她的浓郁醇香后，仿佛也领悟了她的历史、文化、格调与气魄，犹如品味人生一样回味无穷。

我和拉菲红酒原本是无缘相逢的，认识拉菲红酒实属偶然。有一年公司举行年终大型派对，下午时分每人拿到一张票，上面印有抽奖号码，说是在派对上有两瓶拉菲酒，有幸获奖者能喝上一小杯，否则就只能喝一杯普通的红酒。同事们都跃跃欲试，异常兴奋。我听说一小杯拉菲起码价值300美元，犹如金子般贵重，心想什么酒要这么贵？

于是我找来拉菲红酒的资料，这才得知拉菲（Lafite）的名字来自于加斯科术语，含有“小山丘”的意思。拉菲红酒产自法国梅多克最大的葡萄园，种植面积超过100公顷，每年约产35000箱红酒，其中15000~25000箱为一级葡萄酒，是由生长30年之久，但不超过80 年的葡萄藤所结的葡萄所酿造，其余的为二级葡萄酒——佳得士拉菲。

拉菲红酒历史悠久，最初由塞古尔家族酿造于1680年，发展到18世纪初而获得“国王之葡萄酒”的美誉。在美国第三任总统杰斐逊的档案里，披露了他经常为乔治·华盛顿（美国开国总统）购买拉菲酒，价格不菲。当年杰斐逊拥有的产于1787 年份的拉菲酒，被创纪录地拍到一瓶156000美元的高价。

但是，随着法国大革命的到来，塞古尔家族的财产在 1794年 7月被充公，从而结束了对拉菲酒庄的拥有权。然而3年后，拉菲酒庄却被荷兰财团买走，之后几经易手，到了1868 年，酒庄被詹姆斯·罗斯柴尔德男爵以440万法郎购得，男爵便在拉菲后面冠以家族之姓——罗斯柴尔德，至今已有148年。

半个多世纪以来，跨越了漫长的悠悠岁月，经过评比得出顶级拉菲的年份分别是：1945年、1959年、1961年、1982年、1986年、1990年、1995年、1996年、1998年、2000年、2003年、2005年、2008年、2009年和2010年。如果你想买一瓶1945年份的拉菲，需花费约4600美元，而1982年份的一瓶拉菲，则是

5000美元。不过1990年份的拉菲只需2000美元。

话说拉菲红酒如此昂贵，一瓶 1787 年份的拉菲，竟然被拍到 156000 美元的高价，谁能大胆地说它不是增值的投资产品？于是，有人说拉菲既能当极品来品尝，又可以作为最安全和利润最高的投资产品。

但是请别忘了，收藏顶级红酒的过程相当复杂，涉及到不同的季节需要不同的温度、湿度和摆放红酒的角度等，需要专业人士来管理。而且，在金融市场上投资和投机是有区别的：投资的收益，是来自于投资物所产生的财富，而投机的收益，是来自于另一个投资者的亏损。拉菲本身非但不带来固定收益，而且就像买入的黄金，其收藏过程须支付高昂的保管费。

再看拍走杰斐逊总统那瓶拉菲的富豪，只有当他不想收藏，再一次拍卖，并且得有人愿意支付超过他出的价时，才算带来了收益，这属于低买高卖的投机行为。而罗斯柴尔德家族花费440万法郎购得的酒庄，每年产出35000箱拉菲，以高额的价格销往全球，其收益是投资产生的财富，当属最有眼光的投资。

至此，投资和投机的区别也就一目了然了。

4 饮尽一杯浪漫

如果说酒之于男人是胆量，是气魄，那么酒之于女人，便是浪漫和情调了。当一个女人长裙曳地、裙裾飘摇，手握一杯红酒浅笑着款款向你走来，她所展示的万种风情，足以令男人陶醉、激情奔放。不然的话，怎么会出现“男人是征服世界的，而女人是征服男人的，女人征服了男人就等于征服了世界”这样的说法呢？

女人的浪漫风情离不开红酒，因此在全世界的浪漫之都法国，葡萄酒的消费也居高不下，2012年人均消费全球第三，达到44升；在2012年人均葡萄酒消费前十的国家和地区中，前两位是梵蒂冈和安道尔，分别是74升和46升，之后是法属圣皮埃尔密克隆、斯洛文尼亚、克罗地亚。而我生活过的美国、加拿大和中国全都不在前十位。除了阿根廷以外，葡萄酒消费最多的大部分国家都在欧洲，可见葡萄酒在欧洲的流行程度了。

欧洲人习惯品尝香槟时佐以新鲜草莓，喝白葡萄酒配海鲜，红酒当然佐以红肉了，咬一小块红肉，抿一口红酒，两者轮番交替慢慢咀嚼，这大概是最最窝心的事情了。这颇像老上海人吃泡饭时，喜欢就着榨菜炒肉丝，喝白米粥，边上放一盘“生煎馒头”或“蟹壳黄”，在享受香喷喷的“两面黄”时，一定会买一碗“鸡鸭血汤”，这恐怕就是地域性饮食文化的区别。

在欧洲，葡萄酒不但是流行饮料，而且也加强了欧洲和地中海菜肴的风味，从简单普通到精美传统的西菜美食中，无不留下了葡萄酒那特有的芳香。特别是煨汤和焖煮肉类菜肴时，葡萄酒的酸度更平衡丰富了食物的鲜美，所以大多数欧美人在烹饪西菜时，将品级稍次的葡萄酒用来做调料。

法国葡萄酒之所以闻名遐迩，全因法国政府所制定的严格法规，确保了法国葡萄酒在有限的土地上，达到产量及品质的最佳状态。我今年年初回国探亲，在机场的免税商店逛了一圈，最后购买了两瓶法国红酒。

但凡法国出品的葡萄酒，在酒瓶子上都能看到AOC的法定认证荣誉标签，表明某些产地只许生产特定的葡萄品种，酿制出来的葡萄酒香味和收藏的方式有所不同，盛酒的杯子也不一样。

我留意到西方人做任何事情，必定会遵循“工欲善其事，必先利其器”的习惯，吃饭喝酒也不例外。在我们看来并不怎么样的一道菜，但盛菜的盘子却非常地道，一定是质地考究的骨瓷器皿。

我有过一次难忘的经历，那是我从多伦多返回纽约华尔街后。一天上班不久，我接到老板山姆的邀请卡，卡片很精致，内附一封信，信上写明了请客的由头和地址，在他的夏日度假屋，长岛的最南端，从曼哈顿坐火车需要一小时，相当于上海到苏州。而正餐是定在礼拜六晚上，考虑到大家饮酒作乐会疯到很晚，所以需要在他预定的宾馆住一晚，费用他全包。

我和太太午饭前就到达山姆家了，撇开午饭不说，就说那天晚上的正餐吧。从下午四点起，女主人便开始布置餐桌了，在他们家比篮球场还大的后花园，偌大的绿草坪上搭建了五个巨大的帐篷，帐篷下面放着五张大餐桌，一律铺着白桌布，桌子的正中央放置了一盆鲜花，鲜花两旁是烛台，再低头看餐具，长短刀叉共三套，高低大小酒杯有四种，按上海人的说法是“腔势老大的”。

当然啦，上酒的秩序也分先后，先上白葡萄酒，后上红葡萄酒；先上新酒，后上陈酒；先上淡酒，后上醇酒；先上干酒，后上甜酒。更值得注意的是，不同的酒还必须配上不同的酒杯。凡事讲究质量、程序，饮葡萄酒的仪式化，是我在享受葡萄酒之余的最大感触。

就是这些讲究，使得各种葡萄酒层出不穷。从商业角度上来看，这不但确保了葡萄酒的畅销，更带动了相关产业。

5 人间极品 加拿大冰酒

我从小喜爱西点，因此对甜酒情有独钟，觉得非常合我的味蕾。恰巧玉液琼浆的人间极品冰酒（Icewine），大多出自安大略省的尼亚加拉半岛，靠近多伦多。

每年一月份，我和太太会去尼亚

加拉湖，参加一年一度的冰酒节，每人花20加元与酿酒师一起品尝冰酒，有问题直接请教酿酒师，还可趁机冬游大瀑布，去赌场怡情小赌一番，等好吃好喝尽情游玩之后，顺带几瓶冰酒回家。也因此我家里常年备有冰酒，无论是跟朋友相聚一堂，还是兴之所至，晚饭后切一块蛋糕佐以冰酒，都是我紧张工作后释放压力的一大快事。

我每次回国探亲，也从来不忘在免税商店购买冰酒。回国嘛，无外乎探亲访友，难得一见，不能空手会朋友。而每次约见亲友时，总听他们客气地说："阿拉此地样样有，用不着千里迢迢带东西了。"他们客气归客气，我谨记"礼多人不怪"的待友之道。而且，加拿大冰酒在国际上享有极高的声誉，谁会拒绝我的美意呢？

安大略省寒冷的冬季和温暖的夏季，使之成为全球唯一能常年生产冰酒的产区（德国平均每3~4年才有一个冰酒的年份）。生产冰酒的葡萄在十月份就已成熟，它们被罩上一层保护网，等待冬天的第一次冰冻期。这期间葡萄被自然脱水，葡萄中的风味、香气、糖分和酸

云岭酒庄的葡萄园

度得到浓缩。

而安大略省出产的每一瓶冰酒，都必须经由葡萄酒质量保护联盟（VQA）的鉴定，只有经过VQA的认定，这瓶冰酒才能算真货，可以标上VQA的标记，并注册Icewine的名称。

但千万别以为被贴上了VQA的标记，就万事大吉了。因为生产冰酒的过程相当复杂，今年的冰酒质量并不等于明年的。如果葡萄冻结的速度不够快，葡萄可能会腐烂，而葡萄冻结得太厉害，又没有果汁可提取了。

此外，采摘葡萄延迟的时间越长，被野生动物或鸟类偷食的葡萄就越多（或掉在地上）。更由于采摘葡萄必须保持冰冻的状态，因此采摘的工作往往要赶在清晨或夜晚，一天仅几小时，酒窖工人必须在没有暖气的空间里工作。

再加上VQA制定的冰酒标准堪称世界上最严格的葡萄酒标准：必须使用葡萄树上自然冰冻的葡萄酿造（有些国家使用化学剂冰冻葡萄），采摘和压榨温度不能高于零下8摄氏度，采摘必须在上午10点以前，葡萄汁的糖分必须保持在35度以上，每年生产的冰酒都要经过VQA鉴定通过，才能贴上VQA的标记……条件之苛刻，使冰酒的产量远少于葡萄酒。安大略冰酒也因此被公认为最好的冰酒。安大略的云岭（Inniskillin）酒庄，其1989年份的威代尔冰酒（Vidal）在法国赢得重大国际奖项。而酿酒师德玛里的酿酒故事，就更加传奇了。

德玛里从来没有酿酒经验，1998年他第一次初试身手，就大胆酿造了5000升冰酒。谁料酿造进行到中途的时候，他发现自己犯了一个重大的错误，懊恼不已。没办法，他只能将错就错，盲目地运用葡萄酒制作工艺自行改正错误，结果却大出意料。

德玛里酿造的冰酒，有着所有1998年威代尔冰酒的特点，口感润滑、甜美醇厚，带有成熟的梨、桃子、芒果、杏仁以及花的香味，而且还富有传统冰酒所无法达到的甜而不腻的丰富质感。

因此，德玛里第一次酿造的冰酒，赢得了那年的5个国际大奖，他的“错误”反倒成了制作冰酒的酿酒技术。从此德玛里一发不可收，在2006年11月，他向市场投放了5箱霞多丽冰酒，每半瓶售价高达3万加元，成为世界上售价最昂贵的葡萄酒。

当然，即便再喜欢冰酒，我也不可能奢侈到花重金去购买如此昂贵的酒。我通常只买40加元一瓶的冰酒，但想不到加拿大冰酒在国内，一瓶的售价居然能要到1000多块人民币，真是货离土贵啊！

6 微醺鸡尾酒

每逢长周末下班时，约几位谈得来的同事或朋友去酒吧，天南地北地边喝边聊，待到微醺时再各自回家，可说是一件非常惬意的事。到酒吧，首选的当然是鸡尾酒了。

有关鸡尾酒的起源有多种传说，

调制鸡尾酒

较为可信的说法是在1776年，纽约有一家酒馆为了招揽顾客，别出心裁地使用鸡毛来装饰酒店。一天，有一位绅士带了朋友前去喝酒，微醉中喊女招待上一杯“鸡尾酒”。女招待机智地倒了一杯以几种酒混合的饮料，为了不使绅士醉倒，她在饮料中略微加了一些水，以冲淡酒精度，并随手摘下一根鸡毛贴在杯边。绅士觉得味道很好，因此经常来酒吧索要鸡尾酒。于是，鸡尾酒便得以传扬。而另一种有关鸡尾酒的说法，则是来自法语的coquetier，这是19世纪初美国新奥尔良的一种鸡蛋酒的名称。

然而，鸡尾酒之所以备受推崇，其实是源于美国禁酒令时期。那时，私营酒吧内的酒保会在酒里混合其他原料，主要是为了掩盖私酿酒的味道。据记载，最早的鸡尾酒是以干邑为底的萨兹拉克酒，源自19世纪50年代的纽奥良，比禁酒令时期早了70年。

鸡尾酒主要可分成两大类：一种是芳香型，一种是酸味型。我比较喜欢酸味型的鸡尾酒，有时晚上家里来客人，我会自调简单的鸡尾酒招待来客。制作过程分三步：以朗姆酒、杜松子酒或威士忌作基底，再加上柠檬或酸橙汁，起到缓和淡化基底中烈酒的功能（也可以加糖、鸡蛋、奶油等“平滑剂”，以增加天然风味），最后的步骤才添加石榴或杏仁糖浆等调味料和着色剂，以凸显鸡尾酒的艺术色彩。比例通常为七份基底，两份酸和一份甜（7：2：1）。

如果家里的来客喜欢芳香型鸡尾酒，很简单，只要把第二个步骤中的两份柠檬汁（或酸橙汁），换成苦味酒或芳香型的葡萄酒（如味美思）即可。其实，只要掌握了鸡尾酒的基本成分，便可以按不同的口味进行创新，甚至尝试不同的比例，调配出适合自己的配方，趣味无穷。

我想强调的是，制作鸡尾酒一定要选用最优质的烈酒、考究的冰块和鲜榨柠檬汁。由于鸡尾酒非常强调材质，所以在酒吧里，人们会一边喝一边抱怨太贵。在曼哈顿稍微上档次的酒吧里，一杯鸡尾酒起码要13美元。

为什么是13美元呢？

举例来说，如果一瓶750毫升的威士忌成本是35.99美元，可以制作46杯鸡尾酒，通常是2盎司一杯，酒吧预期的制酒成本为22%，而每盎司售价大约为1.42美元（35.99美元/25.4盎司），那么2盎司就是2.84美元。因为酒吧期望的制作成本要低于22%，在这一前提下，销售价格每一杯（2.84/ 0.22）就是12.90美元。所以，大多数酒吧的起价定为13美元。

把普通的酒调成鸡尾酒，对客人而言增加了情趣，而每一款鸡尾酒的创新过程还能编出不同的故事，进而形成一种鸡尾酒文化，使客人多喝几杯又不易喝醉，同时酒吧也赚到了更多的利润，可谓皆大欢喜。

7

让人目迷的威士忌

去年10月的一个周末，纽约一位好友来电话，邀我去参加举办了15年（一年一届）的纽约威士忌节，地点在时代广场的万豪酒店。我因为接近年底工作太忙，很遗憾无法成行。

不过我在纽约生活的时候，曾经参加过威士忌节，印象中还是用了一天休假和朋友一起去的。可能近几年经济不景气，所以那年的威士忌节第一次安排在周末，门票一张是325美元，超过2000元人民币。

千万别觉得票价昂贵，举办方安排的第一项活动就是“威士忌收藏和拍卖”，届时大家可以品尝到极品威士忌。比如在那次的拍卖会上，就有布罗拉30年威士忌、1963年格兰杰和金波摩尔等五种威士忌。

波摩尔是具有收藏价值的威士忌杰作，也是非常奢华的威士忌酒，在拍卖会上拍出了7000美元一瓶，只要喝上一口（其实不止一口）便立刻值回票价。况且，拍卖会后的4小时，还有来自世界不同国家的超过250种威士忌酒等着你去慢慢品尝，瓶装都相当精致漂亮，简直让人眼花缭乱！

从上午9点15分开始的拍卖会一直到10点结束。在这短短的45分钟里，价值超过10万美元的威士忌就已经被威士忌爱好者喝下肚了。假如有人把一天所品尝的威士忌一一买齐的话，大约需要1万美元。虽然现在经济不景气，但我那朋友说，参加品酒会的人和往年不相

超市货架上的各种美国威士忌

上下，威士忌受欢迎的程度可见一斑。

威士忌[①]是一种由谷物发酵制成的蒸馏酒精饮料。在全世界各地，威士忌是被严格管制的酒精类产品。

虽然许多人从传统观念上都认为，威士忌是以大麦为原料制成的，但实际上却并非如此。不同的谷物被用于不同的品种，通常情况下有大麦、麦芽大麦、黑麦、黑麦麦芽、小麦以及玉米制成的威士忌酒。这些不同类别和类型的威士忌酒，其统一的特征是通过发酵、蒸馏，然后放置在白橡木桶里陈年。

其实，威士忌的定义并不十分严谨，除了只能使用谷物作为原料的明确规定外，有时刚蒸馏完毕还处于新酒状态的威士忌，其本身的特性和其他中性烈酒（如伏特加、白色朗姆酒）的差异并不大。几乎所有种类的威士忌，都需要在橡木桶中陈年一定时间后，才能装瓶出售。

因此“陈年”这道工序，被列为制作威士忌酒的必

① 苏格兰和加拿大产的威士忌拼法为Whisky，美国和爱尔兰产的威士忌拼法为whiskey。

要过程。除此之外，在蒸馏的过程中保留谷物的原味，以便能和纯谷物制作且经过过滤处理的伏特加酒，或西洋谷物酒加以区别，是威士忌另一个较为明确的定义性要求。

在2012年专场发行的布罗拉35年威士忌，一瓶是645美元，如果买来收藏应该不会让人失望，它在1976年和1977年期间蒸馏完毕，“陈年”于美国橡木桶中，充满了香草、蜂窝和柠檬的香味。我的好朋友买了一瓶，可见品牌推广非常有效，培养并激发了越来越多有兴趣收藏威士忌的人士，这就好似拍卖名画一般，大大地提升了品牌威士忌的价位。

8

魅力白兰地

在欧美（可能澳大利亚除外），白兰地被广泛认为是“男人的饮料”。英国著名作家塞缪尔·约翰逊（Samuel Johnson）是这样评价白兰地的：“干红葡萄酒是男孩子喝的，产自葡萄牙的甜而烈性的葡萄酒是男人的饮料，而渴望成为英雄的男人必须喝白兰地。”

暂且不论约翰逊的话是否有道理，但我那些投行的同事们，每次上司请客去酒吧聚会，都喜欢点白兰地，并且不加冰块。如果是必须自己付钱买饮料，喜欢充当“英雄”的人就少了，一般来说大家都点鸡尾酒或啤酒，因为上档次的白兰地非常昂贵。

白兰地，是从荷兰语的Brandewijn而来，意思为“燃烧的酒”。16世纪时荷兰是海上运输大国，而法国是葡萄酒的重要产地，于是荷兰船主便将法国葡萄酒运往世界各地。但当时英国和法国正在开战，海上交通经常中断，贮藏葡萄酒的占地费用特别大。出于成本预算的考量，荷兰商人便把葡萄酒蒸馏浓缩，如此一来既节省了贮藏空间，又省却了运输费用，等运到了目的地之后再兑水出售。

但令人意想不到的是，浓缩的酒倒反而更受欢迎，而且贮藏的时间越长，酒味也越发醇厚。从此便出现了一种新酒——蒸馏葡萄酒，也就是白兰地。一升白兰地大约需要用八升葡萄酒来浓缩，蒸馏出来的酒近乎无色。不过由于在橡木桶里贮藏时，橡木的色素溶入于酒，便形成了褐色。年代越久，颜色越深。由于有颜色的白兰地更受大众欢迎，目前酿酒厂都使用焦糖来着色。

目前，世界上最好的白兰地的产地在法国夏朗德省的干邑科尼亚克周边地区，以及热尔省的雅文邑阿马尼亚克。这些地区是白兰地的传统产地，酒厂年代久远，因此老酒的价格非常昂贵。世界著名的品牌轩尼诗、马爹利、御鹿、人头马、路易老爷和百事吉等，均出自于干邑地区。

除了以葡萄酒蒸馏浓缩制成的白兰地外，广义上来说，只要是以果酒为基底，再加以蒸馏制成的酒类，都可以称作白兰地，但是在白兰地的名称前面，需要加上相应的水果名字，比如“苹果白兰地”、“樱桃白兰地”、“草莓白兰地”等。

在西方国家，传统的白兰地器具最好选择底部呈圆形状的高脚玻璃杯，在室温下以手掌托酒杯。如果不喜欢白兰地“燃烧”的感觉，可以试着让白兰地冷却到16摄氏度，酒香会自然散发出来，口感也更加醇美柔和。

而中国已是奢侈品消费大国了，大家去酒庄选购白兰地时，以下传统的质量评估指标可做参考：

A.C.：存放木桶的时间为两年；VS：存放于木桶3年以上；VSOP：存放于木桶至少5年；XO：存放于木桶至少6年；Vintage：存储在木桶里直到装瓶，标签上显示着年份日期；Hors d'age：至少有十几年以上的年份了，质量最上乘，价格异常昂贵。

9

咖啡作为文化

中国人到北美生活，不管愿不愿意，很自然地会受到西方文化的影响，特别是我这个从“十里洋场”走出去的穷学生，初到美国的时候，非常急切地想融入主流社会，像海绵吸水那样，近乎疯狂地吸收着这块土地

Les Deux Magots咖啡屋

上的点点滴滴，比如这里的咖啡文化。

论起咖啡文化，《每日邮报》作家菲利浦·诺兰曾经感叹，爱尔兰咖啡文化的流行与传播，主要得归功于美国的电视节目，比如大家熟悉的电视连续剧《老友记》。我们看到《老友记》的一大半场景，全都取自于咖啡馆；在《老友记》里，观众还能看见老友们在曼哈顿的中央公园，经常人手一杯咖啡。他们忽而欢欢喜喜相会，忽而悲悲戚戚争闲气，其生活方式充分折射出咖啡的文化。

不过咖啡以及咖啡馆文化的形成，却要追溯到16世纪的土耳其。那时咖啡馆是传统的社交场所，也是艺术与知性的集散地。例如巴黎的Les Deux Magots咖啡馆，就曾经是知识分子让·保罗·萨特和西蒙·波伏娃经常出没的地方。现今的咖啡馆，像open mic night咖啡馆那种慢步调的餐点服务，无论是雅致的环境，还是社交集聚的特点，无不缘于早期的咖啡馆。而随着岁月的流逝和文化的沉淀，逐渐形成了当今咖啡文化的概念。

在纽约生活的时候，我就非常喜欢逛SOHO，因为那里有着传统“咖啡文化”的踪迹。SOHO在曼哈顿下城和百老汇街的交界处，以Houston Street为界限，Houston Street以南朝西叫SOHO（取South和Houston的前两个字母），向北靠东就被称作NOHO了（取North和Houston的前两个字母）。

在SOHO有很多画廊和艺术家工作室，当然就聚集了众多的画家和艺术家，因此咖啡馆也特别多。那一带除了星巴克等连锁咖啡店，大多是意大利式咖啡馆。每当我走过街角或望向路口对面的转角，便能看见咖啡馆，还未推门而进，咖啡的溢香便扑鼻而来，弥漫在店门的走道上。

我喜欢意式咖啡，这跟我喜欢奶油不无关系。像拿铁咖啡是从意大利文“Caffè latte”的音译而来，由一份浓缩咖啡加上两份以上的热牛奶。再比如玛奇哈朵（Macchiato），意大利文的原意是“被牛奶弄脏的咖啡”，在浓缩咖啡上加适量的蒸汽打发奶泡，制作的过程香气宜人。

在司布林街的街角，就有一家意式咖啡屋。走进小小的咖啡屋，店堂里那看似随意的摆设，其实都是经过精心设计的，无不渗透着SOHO那独特的艺术特征。屋子里的各个角落旮旯，都散发着SOHO的气息。木板的小圆桌，木板的椅子，四面的墙也是用木板镶嵌的，墙上挂满了欧洲小镇和乡村的风景画，其中一幅是梵高的《夜间咖啡馆》；柜台左右两旁的高低木桶里，则堆满了各种咖啡用品……

我留意到墙上的目录，一年四季变换着各种咖啡的风味。通常冬天喝Crème Brulee最感温暖，春天点Pecan Torte会增添好心情，夏天一杯Blueberry Crème 感觉沁人心脾……除了这些特色咖啡以外，店里还供应各种各样的咖啡调味剂，如巧克力、薄荷、丁香、柠檬汁、香草奶油和奶精等。

而我本人无论走进哪家咖啡馆，所点的咖啡总是卡布奇诺（Cappuccino），它名字的浪漫远胜于咖啡本身的味道，尤其用鲜奶油雕琢出来的艺术画像，应该是用来欣赏的，而不该被我大口大口地吸进嘴里。

其实，各民族的人喝咖啡的口味不尽相同，但美国又是全世界多个族裔汇聚一堂的国家，所以9月29日是美国的“全国咖啡日”。

一旦一种东西成了文化，商机就来了。如前面提到在纽约SOHO有很多画廊和艺术家工作室，聚集了众多的画家和艺术家，因此，咖啡馆也就如影随形……

10 独特的风味咖啡

在北美，市面上的咖啡主要有阿拉比卡（Coffee Arabica）和罗布斯塔（Coffee Robusta）两个原种，其各自又可再细分为更多的品种分支。阿拉比卡咖啡豆大多出自东非、拉丁美洲、阿拉伯或亚洲。而罗布斯塔咖啡豆生长在非洲的西部和中部，也遍及东南亚和巴西。市场上流通的咖啡豆多半以产地来区分。不过要论起绿色咖啡的产量，巴西在2009年居世界领先地位，其次是越南、印

尼和哥伦比亚。

来自不同国家或地区的咖啡豆，通常会带有不同的风味、香气、质感和酸度。咖啡豆的这些特征，不仅依赖于咖啡生长的区域，而且也有赖于

巴西的阿拉比卡咖啡种植区

咖啡豆的品种和处理过程。通常来说，只要知道咖啡的种植地区，就可得知咖啡的品种，比如哥伦比亚（Colombia）、爪哇（Java）和科纳（Kona）咖啡。

咖啡豆里所含有的咖啡因，有特别强烈的苦味，许多人就是冲着这股苦味而钟情于咖啡的。我是因为咖啡能刺激中枢神经、心脏和呼吸系统，更由于咖啡因能减轻肌肉疲劳，才喜欢咖啡的。要是从医学角度来看，由于咖啡因能促进消化液分泌和肾脏机能，有利尿的作用，还能将体内多余的纳离子帮助排出体外。但即便咖啡有诸多益处，一般还是以每天一两杯为宜，喝太多会导致咖啡因中毒。

不过我公司的有些同事一天起码喝四杯咖啡。他们早起坐到餐桌前，自然是要喝一杯的，一到公司首先冲进茶水间（公司有免费咖啡供应），出来总是手捧一杯咖啡。早上10点是咖啡时间，可说是名正言顺地又要喝一杯，而午餐过后还有下午茶时间，那时需要咖啡来提神，他们定要再喝一杯。对于西方人来说，一天三四杯咖啡根本不算什么，就像一日三餐那样，再平常不过了。

但是有一天早上，我见一位“老咖”[①]走进茶水间之后，居然空着手走出来。我心想今天怎么啦，莫非咖啡还没煮好？询问之下才得知，他觉得咖啡冲泡的时间太久，咖啡味道走样了，说要等下一壶新鲜的泡好再喝。

说起来我也算是个“老咖”了，对咖啡的品质也是没理由的百般讲究和挑剔，所谓的咖啡味道走样了，是因为咖啡中的丹宁酸煮沸后，会分解成焦梧酸，所以冲泡过久的咖啡味道会变差。

至于大家所喜欢的咖啡那种特有的香气，主要是来自咖啡中的挥发性脂肪，由于咖啡的种类不一样，咖啡会散发出大约四十种芳香物质，难怪任谁都难以抵御咖啡的诱惑！

而一般来说，法国人喜欢浓咖啡（Espresso），即不加奶也不加糖的黑咖啡，而意大利人则喜欢加奶加糖，用高压热水冲过研磨得很细的咖啡粉末，冲煮出一

① 上海话，意即喝咖啡上瘾之人。

卡布奇诺咖啡

杯滋润可口的咖啡，像卡布奇诺、拿铁以及玛奇哈朵都是意式咖啡。

如果在咖啡里兑一点威士忌，再盖上一层奶油，就变成了不折不扣的爱尔兰咖啡，当然很受爱尔兰人钟爱。而加上一勺甘露酒（Kahlúa），便可调成一杯墨西哥式的咖啡。维也纳咖啡是由奥地利马车夫爱因·舒伯纳所发明的，在咖啡中加入巧克力糖浆、鲜奶油，并洒上糖制的七彩米，味道特别独特。

将咖啡粉盛在由特殊金属制作的过滤器里，倒入滚水后，让咖啡一滴一滴流到杯子里，然后加糖加奶加冰块，一杯越南咖啡就泡制成功了。还有曼特宁咖啡，又称苏门答腊咖啡，其风味浓郁，综合了香、苦、醇的口感，回味时带有些许甜味，深受印度尼西亚人喜爱。

调制风味咖啡，不仅可带动配料产品的销售，如风靡北美全球排名第一的甘露酒[①]，而且还能滚动促进咖啡的销售，可谓一箭双雕！

① 因其是选用墨西哥韦拉克鲁斯州高级的阿拉比卡咖啡豆酿制。

11 喝咖啡的情趣

在北美，周末逛逛书店，走累了在休闲区域买一杯咖啡，坐在那儿一边翻书一边喝咖啡，是一种很不错的休闲和享受。而对于在郊外住惯了大洋房的人来说，即便是这样简单的享受，也会变得很奢侈。

因为一般的上班族周末都很忙，开春了要在花园锄草种花草，一到夏天就得赶紧张罗游泳池，秋天须在门前打扫落叶，冬天又要忙着清除路边的积雪，所以不会特意开了车去逛书店。

我的几个好朋友就是这样的大忙人，他们只有到了晚上，才有空闲坐到书房跷起二郎腿，泡杯咖啡看看书。毕竟忙碌一天了，一杯可人的咖啡特别能放松心情，而要冲煮一杯满意的咖啡，首先必须选对适合自己口味的咖啡原豆。

我最喜欢的牙买加蓝山咖啡出产于海拔2300米的蓝山山脉。不过，蓝山咖啡并不好找，听说90%的蓝山咖啡都被日本人买走了，欧美市场只有少量的蓝山咖啡豆。几年前，我返回多伦多想喝蓝山咖啡，结果跑遍了周围所有的商场都没买到，最后在圣劳伦斯市场（被《国家地理》杂志评为全世界最好的食品市场）找到了！

蓝山咖啡味道醇正，口感清新润滑，即使不加奶不加糖，也不会感到苦涩。然而，即便咖啡原豆好，磨制咖啡的方式和冲煮的方法也要相匹配，才能从咖啡豆中提炼出最佳的风味。

选择咖啡末与热水接触稍长的烹制方法，需要把咖啡颗粒磨得粗一些。如果咖啡颗粒过细的话，咖啡会带有苦、涩、“煮过了头”的味道。当然另一个极端也不好，咖啡颗粒过粗，冲出来的咖啡就会淡而无味。

另一个要点也很重要，由于咖啡粉末与空气的接触面积大，所以事先磨好的咖啡末容易氧化降解。因此如果条件允许的话，家里最好配备一台磨豆器，方便现煮现磨。咖啡豆的磨制有三类方法：研磨、打磨和臼磨。

我个人比较倾向于研磨的方法，最好买圆锥形部件的研磨机器，它噪音小，阻塞咖啡豆的几率也很小，磨出来的咖啡颗粒比较均匀，在烹制的时候出味也较一致。而研磨的速度越慢，因机器摩擦产生的热量也越少，所以咖啡的香气不易流失。好一点的机器通过调节研磨的参数，可以磨制冲泡土耳其咖啡所需的超细粉末。

而目前市场上能买到的咖啡豆打磨机，多数都是在每分钟两三万转的高速下，把咖啡豆切成碎末的，缺点是咖啡末的颗粒大小不均，难以煮出优质的饮品。如果找不到好的研磨设备，可以买一支捣杵和一个臼钵，慢

咖啡豆打磨机

慢享受由“捣鼓”而带来的劳动乐趣了。

写到这儿，有些读者或许会问，喝一杯咖啡有必要那么累人吗？其实倒也未必，想想30年前在上海，我去同学家串门，我那同学烧了咖啡招待我，并且很得意地对我说：“我这杯咖啡老高级的，是从XXX西菜馆买来的咖啡渣烧出来的，里头还加了牛奶麦乳精，味道好极了！”

我至今都记得那个同学的表情，说真的，在那个物质极度匮乏的年代里，只要听到“咖啡”这两个字，就已经自感很“小资”了。那时咖啡的味道对于我们来说根本就不重要，重要的是我们从咖啡里找到了情趣所在。

人们会发现，那些真能找到情趣的东西，往往和其价格无关，价高也好，价低也罢，最有关系的其实是当时的心境……

12 没有最贵，只有更贵

夏天，如果走在北美的商业大街上，时常会看见有人在路边派发罐装饮料。这种免费派发的饮料，通常都是宣传新品牌的。你会发现路人也不是人人都愿意拿来尝试，原因是多数北美人很固执，他们认定的牌子会吃一辈子。

比如，我以前的上司黄，饮料中他只认可口可乐，其他牌子的饮料就是贴钱给他，他也“滴饮不沾”。不过像黄那样忠诚的顾客，大多是土生土长的当地人，打小就耳濡目染广告的狂轰滥炸，“死忠”一个品牌似乎是理所当然的，广告的威力由此略见一斑。

在现行的饮料市场上，行业竞争越来越激烈，一瓶饮料半瓶广告，需要砸钱做广告，不断培养“死忠”的粉丝，才有可能促销赚钱。

比如，可口可乐公司资本雄厚，广告宣传采取地毯式的轰炸策略，以不同的广告语来针对不同的国家，广告轰炸几乎覆盖世界各地。在美国和加拿大，从1886年到2012年，可口可乐公司使用了大约近61个广告语，像1993年“永远的可口可乐（Always Coca Cola）”，以及2012年的“享受可口可乐（Enjoy Coca Cola）”，句句深入人心。

但是新移民就不同了，他们来自五湖四海，其喜好也各自不同。没关系，品牌公司自有一套网罗你成为他们“死忠”顾客的奇招。比如星巴克公司，其网罗收买新客户的奇招之一，是在你生日即将来临之际，寄给你一张免费的咖啡券。这是一种让消费者得到实物的活广告。

话说有一个名叫罗根的电脑工程师，有一天收到星巴克寄来的生日礼券——一杯免费咖啡。恰巧生日那天他加班，没办法回家参加生日派对，心情极其不好，于是便想弄一点小恶作剧开心开心。灵光一闪，他想到了那张咖啡礼券。

罗根来到星巴克点了一杯星冰乐，要求16份剂量的咖啡末，后面拖了一长串的果酱和调味品，包括豆酱、焦糖、香蕉酱、草莓酱、香草豆、抹茶粉、蛋白粉及摩卡焦糖，合计23.60美元（含税）。

到了该付钱的时候，罗根亮出了那张免费券。咖啡师一瞧，瞪着两眼快厥倒了。按照星巴克目录的价码，最贵的咖啡顶多5.25美金，这下亏大了。而罗根所要达到的就是这个效果，他眉开眼笑心花怒放。他被告知，这是星巴克有史以来最贵的一杯咖啡。

其实，罗根的这杯咖啡离最贵的还差得远着呢！

在波兰的国际咖啡博览会上，每星期五都提供世上最贵的咖啡，一杯高达80美元，一磅咖啡豆售价可达700美元。这就是麝香猫屎咖啡（Kopi Luwak），也可以称作果子狸咖啡（Civet Coffee）。

2006年11月，在澳大利亚昆士兰州的汤斯维尔，有一个小小的咖啡馆，目录上的麝香猫屎咖啡售价一杯50澳元（合35美金），一个星期售出了7杯，这则消息登上了全澳大利亚和国际新闻的头版。而2008年4月，在伦敦斯隆广场的彼得·琼斯百货店，里面的咖啡馆开始销售由麝香猫屎咖啡和蓝山咖啡混合的咖啡，叫Caffe Raro，一杯50英镑（约合79美元）。

不过这些咖啡还不算最贵。

有一种越南黄鼠狼咖啡（Weasel Coffee），其制作过程非常特殊，是果子狸采吃了新鲜的咖啡浆果，然后穿过大肠、形成粪便排泄出来，经由剥离挑选彻底清洗，再被太阳暴晒，收干咖啡豆，尔后经过轻微的烘焙和酿造，这些贵得离奇、醇香、苦味极少和低咖啡因的豆子，才算制作出来。

黄鼠狼咖啡的产量极其有限，一磅咖啡高达3000美元，它的大多数客户在亚洲，是“不问最好，只买最贵”的日本、韩国和中国台湾富人最钟爱的。虽然电视上并未狂轰滥炸黄鼠狼咖啡的广告，但在富人成堆的上流社会，如果不知道黄鼠狼咖啡，结果会怎样呢？

13 公平贸易咖啡，和公平有关

我习惯一天两杯咖啡，上班路上去星巴克买一杯，下午两点在公司喝一杯。有一天，我发现公司提供的咖啡袋包装上，多了“Fair trade coffee”（公平贸易咖啡）的字样，便产生了疑惑和不解。

我知道咖啡是全球第二大宗交易商品，交易量仅次于原油，在全球共有四个主要交易市场，包括纽约期货交易所、大阪关西交易所、新加坡商品交易所和伦敦泛欧交易所，但是对公平贸易咖啡却不甚了解。

未烘焙过的巴西阿拉比卡咖啡豆

我自忖自己也算是“老咖”了，怎么能不了解公平贸易咖啡呢？于是，便询问公司的“老咖”麦克。

麦克说，我们手中的每一杯咖啡背后，都隐藏着咖啡种植农的血汗故事。美国的咖啡进口价每磅约为0.6~0.7美元，如此低廉的价格，把千千万万的咖啡种植园变成了名副其实的“农田中的血汗工厂”。而更为不公的是，哪怕就是这0.7美元，咖啡种植农也不能全部装到自己的口袋，可怜的收入只够他们勉强度日，甚至无法维持一家人最基本的生活。

比如泰国，是名列世界前二十的咖啡豆出产国，在与中国云南山区的交界处，居住着阿卡人。阿卡人原本依靠种植鸦片维持生计，尽管鸦片贸易每年达数百万美元，但是阿卡人却只能勉强维持生活。

而对任何一个国家来说，依赖大规模的鸦片贸易总不是好事。因此，在20世纪90年代初，泰国王室开始引进新作物来替代鸦片，咖啡就是其中之一。阿卡人也开始种植咖啡了，目前市场上流行的阿卡阿玛（Akha Ama）咖啡，是100%的阿拉比卡咖啡豆，苦味和酸度恰到好处，很受北美人的喜爱。

然而，阿卡人的利润依然很少。从技术上来讲，咖啡被认为是一种新鲜的农产品，但从经济层面来看，咖啡又被视为大宗商品，这就意味着买卖的方式和石油一样，买方的目标是尽可能以低价买进，再以高价出售，而咖啡的投资者和炒家，是根据咖啡市场的供求关系来定价。如此一来，星巴克一杯普通咖啡可能花费我们2美元，而1公斤的咖啡原豆却只有7美分，由此可见咖啡是一个多么暴利的行业了。

读到这儿你一定会想，这对种植咖啡的阿卡人来说，也未免太不公平了。但有什么办法呢？首先，阿卡人根本就没有选择，每年一到咖啡的收获季节，咖啡的买家便出现了，他们叫出统一的收购价。如果阿卡人对收购价不满意，敢于对买家说“不”，那么阿卡人等于是放弃了出售咖啡作物的机会。执拗等待带来的风险，是当年的收成很快就会烂在泥土里。

其次，大部分阿卡人从未受过正规教育，他们缺乏讨价还价的技巧。许多阿卡人甚至都不会说泰语，而且他们也意识不到全球的咖啡价格，以及如何得到种植作物售价的信息。他们所能知道的是，要么卖掉作物换取金钱，要么就失去一切。

为此，“公平贸易咖啡”应运而生。《纽约时报》在2007年4月下旬将“公平贸易咖啡”的故事刊登在时尚版。而打上“公平贸易咖啡”这一标签的目的，是为了让消费咖啡的人们知道，该产品尊重了劳动工人的权利，这意味着来自第三世界种植咖啡的农民不再遭受剥削而获得了合理的报酬；它旨在促进健康的工作条件，刺激农民有更大的意愿从事咖啡生产。

今天，麦当劳、沃尔玛和星巴克等企业，都自愿多花一倍的价格跳过中间商，直接从咖啡种植户手里采购咖啡。其中，星巴克是公平贸易咖啡的最大买家，该公司在2009年购买了18000吨绿色、未焙炒的咖啡。

所以，希望喜爱咖啡的朋友今后购买标有“公平贸易”标志的咖啡。因为，每购买一杯公平贸易咖啡，你就直接支持了发展中国家的贫苦农民，帮助他们提高了生活水平。

第二部分

饕餮时光

14

西餐：从上海到纽约

小的时候，我经常随外公外婆去上海的“天鹅阁西菜社”，它就在离我家不远的淮海中路和东湖路口，与“德大”和“红房子”齐名，是上海西餐业的“三驾马车”。

“天鹅阁”是意式餐厅，外婆喜

欢那里小巧玲珑的环境，上下两层之间，由盘旋而上的木梯连接着，那条木梯十分狭窄，店堂内完全是外国乡村的模样，墙壁上装嵌着原色的木板，一幅幅外国小镇和乡村风景画悬在墙上，原色的木板餐桌，原色的木板椅子，非常简单明了，要说有什么点缀的话，就只有餐桌上的鲜花了。

我是个天生的“肉菩萨”（上海人爱吃肉的意思），而选料和制作讲究是“天鹅阁”的特色，所以每次坐进“天鹅阁”，除了葡国鸡就是意式焖牛肉。而相比葡国鸡，意式焖牛肉更合我意。

听掌厨的介绍说，这道风味十足的菜是选用牛腿肉，中间夹几头大蒜，烹饪时先将牛肉的四个面煎黄，把芹菜、胡萝卜和洋葱炒熟后再与整块牛肉放在一起焖，吃起来外面香酥，里面嫩糯，我百吃不厌！我对西餐的喜爱也由此而来。

不过，有一样西方食物——热狗，我这辈子都不想再碰了。因为二十多年前刚到美国的那头三个月，我必须找妥住的地方，要注册读书，又要尽快找兼职，根本没心思煮饭。而且因为经济拮据，我每天只能花1.5美元买两个热狗当午饭，晚上再吃一个热狗，就这样天天如此，连吃了三个月，直到太太小玲来美国。

我在美国第一顿像样的饭，是炒西芹和蒸蛋花汤，外带两碗香喷喷的白米饭。我当时的吃相，可用狼吞虎咽来形容。我对小玲说："以后千万别跟我提热狗，一提热狗我就想吐。"

说这话或许有点夸张，可我当时确实是吃热狗"吃伤"了，心想这热狗是谁发明的。其实所谓的热狗，就是在面包中间拉一刀夹一根肉肠，然后在肉肠上撒些芥末、辣酱和各种酱菜。传说发明热狗的是美国人，他叫哈里·史蒂文斯，是个体育特许厂商。

每到冬天，史蒂文斯的食品车就会停在纽约棒球场附近，为前来观看棒球的观众出售德国香肠夹面包。他自称这是自己独创的"腊肠三明治"，生意特别好。但是《赫斯特报》的一位漫画家在完成史蒂文斯的漫画时，因不会拼写Dachshund（腊肠），便索性写成了Hot Dog，于是热狗很快便流行了起来。

我想，史蒂文斯发明的热狗，可能是参考了三明治的做法。而论起三明治，也是很有来历的。据考证，三明治是英国的第四代三明治伯爵约翰·孟塔古发明的。孟塔古是英国的军事家和政治家，因为非常钟爱赌博，为了避免赌兴正浓时中途被干扰，他吩咐仆人在两片面包之间放一片肉，便可以一手拿三明治，一手继续赌博。要是他活在250年后的拉斯维加斯，会发明什么样的赌具呢？大家想象一下吧。

由此可见，食物在我们日常生活中所扮演的角色，可谓“饮食男女”。而“天鹅阁”对于我来说，不仅仅是享受美食的地方，更记录了我童年的美好记忆。然而颇为遗憾的是，上次回国想再一次光临“天鹅阁”时，她却已经不复存在了。

创立一个品牌犹如打江山，是能力的表现，而守住一个品牌，比创立品牌更难，那简直就是一门艺术了，更要付出相当的努力。

15 幸运餐盘

我在华尔街BLUT ECN上班的时候，每到8月的第三个礼拜五，公司就会举办名为Potluck的聚餐会，要求每个员工从家里带一样食物到公司，热菜、沙拉、点心、饮料都可以，传统的规则是每一道菜（或其他食物），量要大到足以使预期的来客都能分享。

而Potluck这个英文单词，最早出现于16世纪的英格兰，是英国剧作家、诗人、讽刺作家托马斯·纳什（Thomas Nashe）发明的，意思是“提供食物给意想不到或不请自来的宾客，是幸运（luck）的餐盘（pot）”。

到了19世纪末和20世纪初，聚餐时让客人自带食物的Potluck，开始在美国西部流行了起来。由于这样的聚餐形式大大降低了宴请客人上门做客的成本，甚至有些婚宴也采用了这种形式。美国人的随意做派，便可略见一斑。

而一般来说，喜欢享受美食的人，自己都会动手做几样拿手好菜。不过这条“一般”定律对我却不适用。我是个只管吃，不管做的主儿。因此每当公司举行Potluck聚餐会，我就只有请太太小玲出手了。

小玲最拿手的菜是“香酥鸭”，她说这道菜做起来简单，特别适合聚餐，无论冷的热的都好吃。果然如她所言，每次聚餐时，当我把两盆“香酥鸭”放在餐桌上，待一圈转回来自己也想尝尝时，盘子早就空空如也。同事们纷纷询问这道菜是谁带来的，味道好极了，我马上举手，顿时，向我索要菜谱的声音此起彼伏。

而每到那个时候我就犯难了（这种情形已经出现过好多次），无论小玲还是我外婆，她们的菜谱对油、盐、酱、醋等调料，大多用“少许”来记录，小玲做菜则全凭感觉，佐料多寡随性而为，完全是“毛估估”（上海方言，大概估算一下的意思）的。每每我把情况解释给老美同事听，他们总是嘴巴微张，吃惊不已，显得非常不理解。

也难怪他们会如此吃惊，因为我从同事那儿拿来的西式菜谱，从选用几种食材、调料该放多少盎司、分几个步骤烹饪、需要几分钟，甚至到装在什么样的盘子里，都标写得清清楚楚，毫不含糊。

由此，我不由得想到了美国的连锁餐饮业，比如麦当劳。麦当劳之所以能蓬勃发展走向全球，核心基础首先是：标准化。一个巨无霸就是一个巨无霸，其分量、烹饪方法、外观以及口味，无论你走进美国（甚至全世界）的哪一家麦当劳，都一定会得到相同的结果。

其次是与产品质量相关的库存管理。我通过观察发现，每次去麦当劳吃快餐，总有2~3个巨无霸被架在保温板上，有时可能更少，只有一个。如果我点两个以上的巨无霸，其中就有一个是我一面喝可乐，或吃薯条的等待过程中，即时为我做的。那么为何不事先做好1000个巨无霸，然后再卖掉呢？这里就有成本库存——Just In Time的管理概念。

试想，储存1000个巨无霸需要冷藏空间及大量附加的资源成本。如果事先就做好大量待销的巨无霸，万一客人点的是乳酪汉堡或鱼柳汉堡，多余的巨无霸就将被丢弃，因为肉类食品放太久就不新鲜了。

麦当劳因为标准化经营方式而获得巨大的成功，这让我情不自禁地感叹，虽然中国的菜系这么多，餐饮文化又如此博大精深，央视《舌尖上的中国》这么热播，但至今还没有能像麦当劳这样走向世界的成功餐饮企业，实在是很遗憾的一件事！

16 为什么法国大菜这么昂贵？

前几年回国探亲时，我选择了在外公外婆那个年代“老克勒”（上海人对时髦大叔的称谓）所钟爱的西菜馆“上海红房子”，怀旧了一下。

我坐下来点了白脱面包、乡下浓汤、法式蜗牛，以及意大利冰糕。

“The French Laundry”餐厅主厨托马斯·凯勒

乡下浓汤（罗宋汤）配白脱面包加黄油是小时候的记忆了，感觉回到了童年过“六一”节的时光。

改建后的“红房子”装潢和小时候比起来更高雅时尚，服务员大多是上海人，点菜的时候跟我用上海话交谈，挺有亲切感。小时候我就听外婆说，“红房子”之所以闻名摩登大上海，除了法式大菜特色鲜明，另一个原因是“红房子”有一套与众不同的服务方式，从上岗、礼仪、迎客、铺台、点菜、上酒、上菜、派菜、征询到送别都是规范服务，因此而备受中外顾客的称赞。1960年，周恩来总理在外事活动中曾热心地向外宾介绍：“吃西菜，上海有一家红房子西菜馆。”

然而时过境迁，“红房子”地道的服务并未传承下来，其选材和口味也一般。反而是到了北美，我享受到了“红房子”曾经有过的规范服务，和公司同事常常是十天一小聚，二十天一大餐。

如果是大餐的话，人多时间紧，我们通常会选择意大利菜，或者希腊菜；如果是小聚会，那么法国大菜一定是我们的首选。鱼子酱、生蚝、乳酪、松露、牛肉、红酒……从这些食材便可看出，法国大菜非常昂贵。

话说“一分钱一分货”，法国大菜之所以贵，是有其贵的道理的。因为法国菜是法国文化的重要组成部分，法国人对待它可谓到了非常较真的地步。餐馆里进货的所有食材，都有严格的规定，以确保消费者了解他们消费的食品质量。

食品标准大多体现在AOC系统（原产地控制命

名）里。这种控制指定系统的例子可以追溯到15世纪。以奶酪为例，如果奶酪上被贴上“牛乳”的字样，就必须是在指定区域内生产的，包括是哪一种奶牛、什么类型的牛奶、以什么方式制作，以及经过了多少年份……法国大菜由此出名，所以敢于开出大价钱。

比如，在美国加利福尼亚州的纳帕谷，有一家“The French Laundry”餐厅，主厨名叫托马斯·凯勒（Thomas Keller）。这家餐厅多年来被《餐厅》杂志列为世界前50名餐厅之一，2003年和2004年被评为“世界最佳餐厅”。自2006年以来，“The French Laundry”被米其林授予三颗星。

假如你想在“The French Laundry”坐下来用餐，单单一个位子，就得花费240美金，并加上消费税，还得等上几小时。每天，餐厅提供两份包含9道主菜的套餐菜单，另加一些尝试性质的菜肴菜单，这些菜绝不使用相同的食材。节日期间，餐厅会提供特殊的菜肴。

依据当前菜单上的价格，每位客人大约需要270美元，这当然不包括额外补充的大菜，比如鹅肝和填鸭。有鉴于食材的品质，极其简单的一餐饭，价格便贵得离

6640
THE FRENCH LAUNDRY

“The French Laundry”餐厅

谱，最贵要耗资2084.97美元。而值得强调的一点就是，在“The French Laundry”餐厅里，你所享受的法国大餐绝对不含转基因产品，并且每一碟大菜的量都非常小，端上餐桌的简直就是艺术作品。

写到此我不禁想，中国有八大菜系，品种繁多，海外大多数中餐馆就只能开在唐人街，而且还互相砍价，你菜单上的双龙虾套餐是30美元，我就只要25美元。为什么中餐不像法国大菜那样，把自己认为最好、最有特色的菜肴拿出来，“不掉价”地让顾客去争相品尝呢？

17 奢侈蛋糕的功用

我还在中国的时候，就知道英语“Yankee”指的是美国人，从狭义上来说，是指生活在新英格兰的欧洲移民的后裔，到了美国之后才发现，原来美国人对南下的加拿大人，也常常戏谑他们是“Yankee”（这儿是北方人的意思）。然而不管是加拿大人也好，美国人也罢，他们有一个共同的喜好——甜食。

说来或许你不信，我投行的那些同事们，只要打开他们的抽屉，几乎都能翻出大把的糖果和甜食。我在瑞士信贷时，曾经的上司请我去办公室谈工作，首先是递给我一根在国内只有小孩儿才吃的棒棒糖，他自己也不忘塞一根到嘴里，然后才一面嚼着棒棒糖，一面聊工作。

有一份统计资料显示，约有75%的美国成年人说他们喜爱甜食，家里有孩子的成年人每月消耗甜食的总量，要比没有孩子的成年人高出10倍或更多。据美国国家糖果协会（简称NCA）统计，仅在2011年10月31日万圣节那天，美国的糖果销售就创下23亿美元的新纪录。

我也是一个吃甜食上瘾之人，每天总想吃几口冰激凌，办公桌抽屉里巧克力、糖果也从不间断，还特别喜欢各种蛋糕和甜点。每次公司举行聚餐活动，正餐之后的蛋糕甜点，我是毫不客气，一次都不会落下的，同事伊凡戏谑我："You have a sweet tooth."（你长了甜牙齿。）

伊凡不是说我真的长了“甜牙齿”，“sweet tooth”是对喜爱甜食之人的统称。根据科学家的研究发现，糖可以刺激大脑释放多巴胺，是一种使人“愉悦”的大脑化学物质。

所以我在投行上班时，每当大家感觉不那么良好，或者情绪低落的时候，比如得知自己下注的股票狂跌时，甜食便成了宽慰心灵的一剂良药。这时，如果谁要是买一盒蛋糕放在茶水间，几分钟便似风卷残云，被大家一扫而空。

不过想象一下，假如有一个结婚蛋糕价值2000万美元，而且就展示在你我面前，您是否舍得在如此昂贵的蛋糕上动刀呢？这个世上最昂贵的奢华蛋糕，是由纳希德糕点艺术公司的蛋糕设计师，以及著名珠宝设计师咪咪·索默联合制作的。

当这个蛋糕亮相于比佛利山庄罗迪欧大道时，它被一群身穿制服的警卫护卫着，镶满钻石的蛋糕在水晶灯的照耀下，散发出五光十色，说它是艺术杰作一点也不为过。当然了，这么昂贵的结婚蛋糕，也只有皇室、明星和富豪才有能力消费。

写到这儿，您是否觉得亿万富豪奢侈的消费，可以造福我们普通百姓？对此，经济学家加尔布雷思给我们的答案是：“如果你有足够的燕麦把马喂饱了，剩余的就可以喂饱麻雀。”在经济学中，这一现象被称为“涓滴理论”，或可译为“利益均沾论”。

“涓滴理论”是指在经济发展过程中，并不给贫困阶层、弱势群体或贫困地区特别的优待，而是由优先发展起来的富裕群体或地区，通过消费、提供就业等途径来惠及贫困阶层或地区，并带动其经济发展和富裕起来。

比如上述的昂贵蛋糕，首先要下订单给糕点公司，然后经由蛋糕设计师、珠宝设计师、珠宝商、糕点师的共同制作，再雇用保安看守、护送，直到展示那天的到来。这中间花费的人力资源费用，就是经济学家加尔布雷思所阐述的利益均沾。

但是，无论富人再怎么花钱，最多也只能成为大众茶余饭后的谈资，他们的消费占其净资产的比例，其实是很小的，所“涓滴”的也仅仅是小众而已。

18 品牌最重要

我在纽约上班时，好些同事都是从南欧移民来的，几乎全是黑发，通常很难根据他们的外表来区分他们的母国。只有意大利裔美国人最容易分辨，只要听他们说“How are you doing”这一问候语，便可得知。因为他们发“doing”的时候无一例外，都把元音“u”念成“o”，可说是百试不爽。

我和意大利裔同事共事的益处之一，就是跟随他们品尝真正的意大利美食。我们经常去的是曼哈顿苏豪的“Fiamma Osteria”意大利餐厅，享受主厨麦克·怀特最具特色的海鲜意面，而且是现做的海鲜意面，配菜绝对不用反季节蔬果，海鲜的选用也跟随捕捉的时节。

怀特的这一烹饪特色，为曾经的美林证券首席营运官弗克翰尼所赏识，于是他投资600万美元，在中央公园以南240号开设了天字第一号的意大利餐馆“Marea”，特邀怀特和另一位餐饮大王成立了Altamarea集团，共同打造出纽约第一家超然、华丽、现代感十足的意大利餐厅。

弗克翰尼以包装明星的模式，运用电视脱口秀、烹饪杂志、电视广告等形式，把怀特打造成一名烹饪新星，怀特因此声名大噪，一跃成为美国的超级名厨。Altamarea集团随后在苏豪区、新泽西和华盛顿开设了系列餐馆，每一家都异常火爆。

去年，Altamarea集团又把目标对准了亚洲，首先在香港的维多利亚海港城新开了名为“Al Molo”的餐厅，足有7000英尺，有机会前去香港的朋友，不妨去尝试一下。

意大利菜肴的特点是简约，而且简约到了极致，许多大菜的制作只有四到八种成分，主厨依赖的主要是高质量的食材，菜肴的食谱往往取自于家传的私房菜，使许多食客在餐馆吃到的佳肴，也适合在家里烹饪，意大利的饮食文化因此而闻名世界。

另一位美国名厨、食谱作家埃默尔·拉加斯也是意大利裔美国人，是以电视现场的烹饪节目火起来的。他在现场脱口而出的“Kick it up a notch”（更胜一筹）的流行语，广为电视观众所喜爱。我太太小玲就是埃默尔的铁杆粉丝，“埃默尔帝国”每年1.5亿美元的产品收入，其中就有小玲的一份贡献。

埃默尔以自己的知名度向广大喜爱他的电视观众推出以“埃默尔”命名的品牌产品（英语称“Emerilized”），产品线包括意粉酱、卤汁、酱汁，以及由埃默尔“签名”的精华“混合香料”。他还把自己的名字“Emeril”借给一家新鲜农产品公司，向市场推出品牌产品“埃默尔的美食农产品”，包括沙拉调料、新鲜香草料和西红柿调料等。

此外，埃默尔还有两条厨房刀具生产线，由Wüsthof和All-Clad餐具名牌公司生产与制造；他另有一条厨房电器生产线，专门制造炉灶、冰箱和微波炉等。埃默尔的系列产品中，还包括了他的食谱。自他1992年出版第一本烹饪书以来，至今已出版了十几本非常畅销的书籍。埃默尔的餐饮产业链也遍布美国各地，他的13家餐馆分布在奥兰多、新奥尔良、拉斯维加斯、夏洛特、宾夕法尼亚州、金沙赌场度假村……

由此可见，在美国非但行行出状元，而且状元们往往不负众望，有时还能做成令人称羡的大企业。

第三部分

食游北美

19 东兴楼的变迁

纽约有一家中餐馆，在皇后区的皇后大道，名叫“东兴楼”，从星期五晚上开始，便座无虚席。如果不事先预定周六、周日的座位，那肯定是坐不上台面的。

“东兴楼”在纽约有几十年的历

史了，最有名的菜是北京烤鸭。据掌勺的刘师傅介绍，纽约州议员和联邦参议员经常慕名前去品尝。“东兴楼”之所以如此兴旺，生意兴隆，有三件事最为当地的华人津津乐道。

第一件是在20世纪80年代初中国刚开放的时候，北京全聚德烤鸭因技术失传，曾派人跨过太平洋前来纽约取经，做技术和食材的交流；第二件就是曾经窝在纽约六七年的李安，当年拍摄的第一部成名作《喜宴》，是在“东兴楼”里取景的；最后一件事儿是，由姜文和王姬主演的电视剧《北京人在纽约》，但凡中餐馆的场景，也都是在“东兴楼”里拍摄的。

我在纽约的十几年，有幸结识了一群好朋友，组成了一个俱乐部——E-Club，主要就是“吃、喝、玩、乐”。因此，每个月E-Club至少在“东兴楼”聚会两次，十来对夫妇正好两个大台面，逢年过节再带上孩子们，起码席开三桌，好不热闹。

我觉得“东兴楼”的北京烤鸭油而不腻，皮脆肉香的火候远在北京全聚德之上，烤鸭三吃的另外两吃，是切片剩下的鸭肉炒豆芽、鸭骨架子炖酸菜粉丝汤，味道非常鲜美，醉鸡和烤麸颇有上海江浙菜的风味，姜葱炒龙虾只要20美元一大盘，既便宜又新鲜，可谓物美价廉，不能不说是北美人的一大福分（据说国内的龙虾非常昂贵）。

其实，对于我们这群吃客来说，选择“东兴楼”去聚餐，除了八大菜系的名菜几乎都能在那儿品尝外，还有一个特殊的缘由，那就是《北京人在纽约》里扮演王姬儿子的混血小男孩，正是E-Club成员老邢的儿子，那可爱、漂亮的形象令人印象深刻，“东兴楼”的员工都很喜欢他，我们也因此跟着沾光，付账的时候能享受八折优惠（比一般常客低一折），而且还可以自备红酒。

然而“弹指一挥间”，当年的那个小男孩，如今已然玉树临风，三年前和一位华裔姑娘喜结良缘。颇为遗憾的是那时我人在多伦多，没有赶上他们的喜宴。发生变化的还不止这些，就在我打算返回多伦多之前，“东兴楼”也已易主，新东主是台湾人。

真是“一朝天子一朝臣”！新主人把“东兴楼”里里外外重新装修一新，洗手间挂上了新画作，更换了最时尚的玻璃洗手盆，菜单变了，价钱当然也变了，而厨房的人事变化则最大。原先掌勺的刘师傅带走了手下，在“东兴楼”的正对面自开一家餐馆，颇有打擂台的意思。

后来，E-Club也去刘师傅的餐馆吃了几次，虽然味道还在，但不知为何，可能是气场变了，感觉不如老“东兴楼”。而新“东兴楼”呢，由于大厨换掉了，菜的味道也和以往不一样。

看来经营餐馆，菜式不过是元素之一，人是最重要的决定因素。特别是中餐馆，不像快餐具有标准化的经营模式，中餐小而精的菜系特色，使大厨的水平决定了餐馆的成与败！

最近得知“东兴楼”倒闭了，具体原因不得而知。有人说是因为经济危机，有人说是中国餐馆竞争太激烈。但不管什么原因，让我们度过无数美好时光的餐馆倒闭了，惆怅之情不禁油然而生……

20 纽约的上海老饭店

无论是中国人还是美国人，每逢节假休闲日，总会在“吃”字上面下工夫，没办法，“民以食为天”嘛！而满足食欲最好的办法，就是品尝不同国家的菜肴。

我在纽约生活的时候，节假日经

常到华埠隔壁的小意大利区，去享受意大利美食。然而意式大菜吃多了，还是会回过头来选择中餐，首选当然是上海菜了。

纽约华埠（唐人街）的上海馆子还挺多的，有绿波浪、绿杨村、上海老正兴和上海老饭店等。我和太太小玲最喜欢上海老饭店。一走进上海老饭店便有浓浓的怀旧味道，四面墙上挂有20世纪三四十年代的美女画，店堂里播放着周璇的歌曲，仿佛走进了《十字街头》和《八千里路云和月》。不过当生煎馒头、蟹粉小笼、糯米烧卖、糍饭糕、青菜泡饭、糟钵头等一一摆上台面时，马上就又回到了现实。

都说上海的南翔小笼馒头好吃，出国前也去吃过几回，去年回上海探亲，岳父岳母特意陪我去嘉定，就是冲着南翔小笼的，品尝下来，还是觉得上海老饭店的小笼包要比南翔小笼的好，它皮薄、汁多、味道鲜美，一口咬下去满嘴溢香。再品尝他家的糍饭糕，跟我印象中孩提时的糍饭糕一样，口感外脆内糯，再佐以青菜泡饭，可说是天下一大美食。

而上海老饭店和小意大利区，正好是在Mulberry

街的南北两头，往北走到尽头，街道两旁便是大大小小的意大利餐馆、咖啡馆和杂货铺。有一年大年初一，我和小玲先逛到小意大利区的杂货铺，买了新鲜的通心粉，然后掉转头往南走，准备到上海老饭店好好犒劳一下自己。说来或许你不信，出国这么久，我还从未和家人坐下来吃过一顿团圆饭，不能不说是个遗憾。

出乎意料的是，沿途我们看见每一家中餐馆门前都排满了长队。我心想，糟了，这会儿想坐进上海老饭店大概有难度。果然，我们还在马路对面呢，但见饭店门口已是一条长龙，几乎全是老美。我俩乘兴而来，绝不能空着肚子扫兴回家。于是我走进饭店，询问老板娘得等多久才能上座，老板娘告诉我大约一小时。

太久了！无奈中我决定点几个外卖带回去。在等着外卖的空闲放眼望去，十几个桌面上除有一桌亚裔外，像模像样手拿筷子、津津乐道坐在那儿的全是白人。没想到惜时如金的美国人，为了在传统的中国年里吃上一顿中餐，竟然甘愿耐性极好地等待。我感慨地对小玲说：“这帮‘美国佬’平时神气活现的，但是在中华美食面前，一个个都恭恭敬敬，倒透着几分可爱！”

久而久之我留意到，生活在纽约的老美几乎都是中国通的美食家。他们不像其他外州的美国人，只知道甜酸肉、蘑菇鸡片和宫爆鸡丁这些“美国化”了的中国菜。纽约的老美会按照他们的喜好，去寻找不同菜系的地道中餐馆，以满足舌尖上的欲望。比如曼哈顿第五大道上的“五粮液”饭店，是典型的川菜馆，我每次去那儿吃饭，店堂里也是老美要比中国人多。

因此我不禁联想到，企业要么做大做强，要么做小做精。虽然目前中餐馆还无法像麦当劳、肯德基那样做大满足大众，但中餐馆小而精的特色菜系，亦能展现自己的特色服务小众。把生意做得红红火火百年不衰，也未尝不是一种经营之道。

21 国际化的广场酒店

上海国际饭店坐落在上海南京西路北侧的黄河路转角处，马路对面就是人民公园，是上海的著名老饭店，上海滩20世纪30年代至40年代的地标建筑之一。

而上海国际饭店的建筑风格，完

全是美国装饰艺术的摩天楼风格，外墙使用深褐色面砖，以竖线条处理，使顶部层层收进，显示出强烈的立体感。其英语名字“Park Hotel”，得名于它西侧的Park Road（派克路），也就是当今的黄河路。尽管周立波说，现在的国际饭店和其他上海新建的高楼大厦相比，就好似“传达室一样”，但那也是最宏伟的“传达室”！

而纽约曼哈顿的中央公园南侧，也有一个地标建筑——广场酒店（Plaza Hotel），位于第五大道59街，与派克路仅隔一条大马路，饭店楼高20层，外墙也是深褐色面砖，顶部收起，是法国文艺复兴时期的城堡风格，1907年10月1日向公众开放。酒店开业时，订一个房间每晚2.5美元（相当于现在的62美元）。今天，同样的房间至少695美元。

由于广场酒店几乎对应了国际饭店所有的外观特征，因此我在纽约生活的时候，只要是想家，想上海了，就会和太太小玲沿着第五大道34街，途经洛德泰勒百货公司、Tiffany 首饰店和川普大厦，一直走到广场酒店，然后进入中央公园，这一圈逛下来往往需要大半天。

广场酒店

当我还在念书做穷学生的时候，走累了，我们就在路边摊上买两个热狗当午饭。后来上班赚钱了，便开始享受生活，沿路的西餐厅、中餐馆不再是高不可攀的场所，广场酒店也可以进去了。

不过说实话，有一次也是因为在途中找卫生间，才偶然走进了广场酒店，结果发现里头有个大餐厅。那次我们停留在“卢克的龙虾”（Luke's Lobster）前，花38美元品尝了龙虾卷、小虾卷和蟹卷，外带饮料加薯条。虽然有些贵（相比起其他餐厅），但海鲜非常新鲜、柔软，物超所值。可能胃口大的朋友会嫌量少，而我们却饱得再也吃不下其他东西了。

广场酒店犹如国际饭店，是纽约最奢华的老饭店之一。历史上的国际饭店是名流聚集的场所，中外军政要员、社会名流常常在饭店设宴，成为上流社会的活动场地之一。1935年，中美国际长途电话开通典礼在国际饭店举行，国母宋庆龄亲自出席并发表谈话。而当时，宋美龄、张学良、陈纳德都是饭店的常客，普通人是很难进入其内的。

而广场酒店不仅是世界名流下榻的地方，也一直是举行最重要的政治会议之场所。1985年9月，美国、日本、联邦德国、法国和英国的财政部长，在广场酒店签署广场协议（Plaza Accord），达成五国政府联合干预外汇市场的一致意见，致使美元持续大幅贬值，揭开了日元急速升值的序幕。

“广场协议”之后，美元对日元和马克贬值均达40%以上，这一改变不仅巨大，而且影响一直持续到今天。

22

城堡饭店的贵族体验

芳堤娜城堡（The Château Frontenac，城堡饭店）是一个非常宏伟壮观的大酒店，俗称“古堡酒店”，它坐落在加拿大魁北克省的魁北克市，是美国建筑师布鲁斯·普莱斯所设计，由加拿大太平洋铁路公司

城堡饭店

建于19世纪末和20世纪初，于1893年开业，1980年被指定为加拿大国家历史遗产。

当年“城堡”豪华风格的设计初衷，是面对世界各地的达官贵人群体，希望从富人的口袋里掏出钱来。而古堡酒店最受瞩目的事件，是1943年，富兰克林·罗斯福、温斯顿·丘吉尔和麦肯齐·金聚集在古堡酒店俯瞰着圣劳伦斯河，一边眺望几公里之外魁北克城的壮观景色，一边讨论第二次世界大战的战略。

十几年前，我和太太小玲去魁北克旅游，就下榻在古堡酒店。当我们推开玻璃大门走进大堂时，仿佛置身于20世纪20年代，那华丽优雅的水晶吊灯光线柔和，而墙上的壁灯则把精致弯曲的壁柱设计烘托得如梦似幻；前台两侧供客人歇息的区域，沙发、桌子都透着古色古香的雅致。整个大堂给人的感觉，是在精美优雅之中微妙地融合了完美的气魄，令视觉得到了充分的艺术享受，好像自己也贵气了起来。

而且，酒店大堂还为行动不便的人提供了特殊的设计（像可供轮椅进出的斜坡和升降机），出入都很方便。我们是圣诞夜抵达酒店的，客人不多（都在家与亲人团圆），没有酒店大堂通常给人的拥挤感，空气也似乎纯净了。

趁办理入住手续的时候，我把自己的感受告知了前台小姐。她笑说这是由于节日的缘故，客人比平常相对少些，另一方面是出于对生态环境的考量，酒店每年10月15日至次年4月15日，会关闭所有空调设施。但是很奇怪，我并不觉得房间冷。

当晚，由于经过长时间的旅途颠簸，刚进酒店就觉得有些疲惫，也不想吃什么东西，我们决定先游泳，再桑拿，然后去酒吧点些小吃。顺着酒店指南，我们来到Le 47 Bar，优雅的艺术铁门虚掩着，水晶吊灯和玻璃壁灯散发着淡雅的光，幽暗的橡木地板上铺了深褐色的地毯。

我和小玲各自点了杯鸡尾酒，小吃我们特别要了一份炸薯条。因为这一道菜，荷兰人说是他们发明的，法国人则说是法国人发明的，两国人为此争论不休。这时美国人进来插了一脚，说是根据美国总统托马斯·杰斐逊的手稿，证明炸薯条是美国人发明的。这下热闹了。但深究下去，却发现原来杰斐逊总统的厨师来自法国，名叫奥诺雷·朱利安，他把法国土豆切成薄片，放在沸油中炸至两面金黄，再加盐少许。1802年，杰斐逊总统在白宫的晚宴上推出了这道菜。

既然我们已经来到号称“小巴黎”的魁北克市，当然得品尝一下正宗的炸薯条。不过很遗憾，感觉口感没有麦当劳的炸薯条好。第二天早上，我们没有去早餐厅，而是让侍者把早餐送到了房间，给出的小费也很可观。

我觉得住进如此豪华的酒店，就该享受一流的服务（酒店什么服务都有，只有你想不到的），体味一下从前贵族的生活。俗话说穷家富路，这样才不虚此行！

23

闻名海内外的皇后酒店

在加拿大哥伦比亚省的维多利亚岛，建有加拿大最古老和最知名的酒店之一——皇后城堡酒店（The Empress Hotel），它靠近政府街，面向内港码头。在维多利亚岛内，“皇后”已成为城市本身的标志性符号，被指定为加拿大国家历史遗产。

十几年前，我和太太小玲去温哥华访友，听朋友介绍说维多利亚岛特别漂亮，便打算好好地游玩一番。第二天，我们坐着渡轮来到维多利亚岛，入住早就预订的

“皇后”。我们的房间可以俯瞰内港码头，由于正逢夏天，从窗台望出去，宽阔的水面上帆樯点点，星罗棋布煞是壮观，给人以风光无限的感觉。到了夜晚，水面倒影如镜，把华丽的“皇后”映照得如同水晶宫，婀娜多姿迷人万千。

皇后酒店

虽然“皇后”拥有477间客房，可以俯瞰内港或酒店的后花园，但是里面只有四个餐厅，包括维多利亚时代的装饰风格，还有殖民时代的印度风格（当维多利亚女王为印度女皇时），有一间餐厅是以作家吉卜林（Rudyard Kipling）的名字命名的，因为他经常光顾，餐厅的名字就叫“Kipling's”。我们因为做客在外，有朋友请客吃饭，也就没有去光顾那里的饭店。

不过，“皇后”闻名海内外的经

典维多利亚式下午茶，在夏季提供茶以及英国松饼等茶点、蜜饯和皇后冰淇淋，我们就舍不得错过了。或许是我们期望太高了。当我们走进装饰精美、宽敞和比较安静的茶厅时，便享受到现场舒缓的钢琴背景乐。坐在靠窗的桌子，内港的迷人景色尽入眼帘，不失端庄的服务倒是挺快捷的。而我们感受到的美中不足之处，也就是“快捷”这两个字。

点心和水果不是现点现做的，全都事先摆放在漂亮的三层塔的果盘里，上面装有三明治、糖果和烤饼等，水果杯里的新鲜草莓、香瓜和密瓜可能是时间放久了，看上去不是最新鲜，雅致的骨瓷杯里放了一袋包茶，不如想象的那么考究，而烤饼是又硬又凉。为了增添气氛，我要了两杯起泡酒。

最后账单上来的时候，小费加上当地的消费税总共是170加元，相当昂贵。因为同样也是下午茶，后来我们游玩布查花园（Butchart Gardens）的时候，又去体验了一次下午茶，却只有“皇后”一半的价格。

不过维多利亚岛气候宜人，是世界著名的旅游胜地，每年世界各国慕名前来的游客成千上万，而高贵的

“皇后”仅此一家，茶厅每天要接待800名游客，而且也不是随便就能进去，必须提前两个礼拜预约。不知道这一规矩的外来游客，如果错失了时机，就只有等待下一次了。

此外，这座1908年建成的城堡酒店，曾经接待过国王、王后、影星、球星等诸多知名人士。1919年，英国威尔士王子爱德华在水晶宴会厅一直舞到天明。20年后的1939年5月30日，英国国王乔治六世和伊丽莎白女王作为省政府的贵宾，出席了大型午餐会。

有鉴于此，“皇后”开业多年来，大门前从来不挂酒店牌子，维多利亚人和岛上的访客似乎都达成了共识，这体现在酒店工作人员写在门前的提示牌上：“如果谁不知道这里是‘皇后’，就不应该住在这里。”

在1965年，有关是否拆除已变得“寒酸”的酒店，以腾出空间建造一个更现代、功能更齐全的高级酒店的争论，一直持续了好久。一份当地报纸警告说：“如果爱德华七世时代的灿烂遗产被剥夺，数以万计的游客将一去不复返。这是这个城市的心脏和灵魂。”于是在1966年6月10日，有关当局宣布：“皇后”不会被拆除，与此相反，将花费400万美元进行装修和翻新。

所以，我们这些普通百姓才能坐进茶厅下午茶，不小心回头一看，说不定隔壁邻桌就是个大明星。因此即便价格再贵，水果和点心的经营方式再像快餐，这也毕竟是一次难得轻松的皇家经验。酒店的经营者就是抓住了游客的这种心理，根本不怕没有上门客。他们是“姜太公钓鱼”，而我们是“愿者上钩”。

不过那天临走，“皇后”倒是免费赠送我们一盒混合茶。这种以礼相待的经营之道，让我们感觉不错！

24

豪宅

卡萨卡苏里纳酒店

2013年9月17日，詹尼·范思哲（Gianni Versace）位于迈阿密海滨大道的豪宅卡萨卡苏里纳酒店（Casa Casuarina hotel）以拍卖的形式再度被转手，投标起价2500万美元（约合人民币1.7亿）。

范思哲是意大利时尚设计师，我还是通过电影《艳舞女郎》认识这个品牌的。因为电影里的女主角把品牌名字Versace［verˈsaːtʃe］，用英文发音念成了［verˈsaːs］，等她发现自己念错后尴尬不已。

这个于1978年建立的时尚帝国是如此著名，涵盖了时装、配饰、瓷器、家具产品、手机和酒店等丰富的产品线。其品牌Logo采用神话中的蛇妖美杜莎头像，象征着女人美艳、撩人和无与伦比的致命吸引力，而这一形象也被范思哲装饰在他的豪宅中。

1992年，范思哲在南滩度假，以300万美元的价格买下这座住宅以及与其相邻的地皮，并另外投资3300万美元增建了面积约560平方米的南侧建筑。范思哲觉得没有地方修游泳池，就把隔壁的旅店用重金买了下来，在一天之内拆除，腾出地方来修建游泳池。豪宅俯瞰大海，设有35个房间，包括10间卧室和11个卫生间。每一间都有独特主题，用色大胆，墙壁、天花板、走廊等都贴有大量珍贵壁画和马赛克装饰。庭院里还放有不少雕像，专门建的游泳池长16米，镶有马赛克和24K金瓷砖。

卡萨卡苏里纳酒店

范思哲花费了许多心血将整个宅子装饰得如同艺术博物馆，就连套房的卫生间也被装点得典雅奢华，配备24K金水龙头，其中一个卫生间的抽水马桶，是用大理石打造的，全世界仅有3个，造价高达1万美元。

这座豪宅并没有给范思哲带来好运。1997年7月15日，他在门口台阶上遇刺身亡，令该宅顿成凶宅。别以为只有中国人才讲风水迷信，老外也同样忌讳“血光之灾”，“凶”字当头的豪宅身价陡降。3年后，范思哲的妹妹多娜·泰拉以1900万美元的超低价，把这座豪宅卖给美国电信商人洛夫廷，洛夫廷将豪宅改成酒店对外经营。

出于对范思哲的怀念和景仰，来这家酒店参观探秘的游人络绎不绝。但或许还是避讳那场血案，他们在此吃住消费比较审慎，因此酒店的生意并不见得特别兴隆。2012年，洛夫廷决定将酒店出售，他委托全球闻名的科威国际不动产代理，愿以1.25亿美元的价格转让卡萨卡苏里纳酒店。但这栋在时尚界具有特别意义的建筑自2012年6月宣布出售起，就一路跌价，从最初的1.25亿美元售价跌至7500万美元，至今尚未交吉。我估计除了“凶宅”因素以外，与美国金融危机后房地产不景气有很大干系。

这栋迄今无人接手的豪宅酒店最终将以拍卖形式寻找下家，投标起价2500万美元，价格显然严重缩水。大家都对这次拍卖价格充满好奇，到底这栋“凶宅”会以什么价格成交呢？洛夫廷13年前以超低价购进豪宅似已“狠赚一笔”，他这次还能“利上滚利”吗？

我站在豪宅门前，不但生出了“物是人非事事休”的感慨，还不禁联想到，当我们以很低的价格抢购到房子时，觉得自己是做了利润丰厚的买卖，但你能保证未来这房子能涨价吗？能顺利转手吗？会不会像卡萨卡苏里纳酒店那样有价无市，最后赔本，“挥泪斩仓”？

25

加拿大

私人城堡之最

卡萨罗马（Casa Loma）古堡是一座歌特式复兴风格的大豪宅，它坐落在多伦多的市中心，是金融家佩拉特爵士为爱妻建造的，曾经是加拿大最大的私人府邸，现在已成为博物馆和多伦多的地标建筑。

卡萨罗马古堡

佩拉特爵士出生时已家道中落，他父亲只留给他一个银托盘和一只高脚杯。他从电力行业赚到了第一桶金，财富最多时拥有两个1000英亩的大农庄、珍贵的宝马、十几辆名车和几十名仆人。他小手指上戴着一枚巨大的钻戒，被人们尊称为爵士。

而最能体现佩拉特爵士巨额财富的，当属卡萨罗马古堡了。古堡外观庄严宏伟，外带极其漂亮的大花园，里面有秘密通道。一楼有大客厅、亨利爵士的专用书房、图书室、餐厅、会议室、服务室、吸烟房、台球室、温室花房……二楼是佩拉特爵士的卧房、浴室，外加女主人的卧房和浴室，还有多间大客房；三楼设立了一个步枪博物馆，包括仆人的房间、客房以及通往城堡塔顶的楼梯；地下室的保龄球场、射击场、游泳池均未竣工，但是酒窖、隧道、狩猎小屋，以及马厩都一一完工；总共有98间装饰华丽的套房，上下可乘坐电梯，厨房还有一个足可以烤一头牛的大烤箱。

每当我那些从纽约来的朋友参观完之后，都叹为观止，有一个姐们儿忍不住说："要是这辈子能住上这样的城堡，真是死也瞑目了。"我总是开玩笑地说："Are you sure? 这样的豪宅，就是送给你，你也住不起啊！"这是佩拉特爵士本人也绝没想到的。

因为从第一次世界大战起，多伦多市政府就开始给卡萨罗马增加了物业税，从每年600加元，增加至每个月1000加元（这在当时是巨款）。佩拉特爵士不得不拍卖艺术品和部分家具，以支付昂贵的税款。最后因为负担不起27303元的物业税，他和太太只得被迫离开卡萨罗马。

可怜的佩拉特爵士只能搬进古堡附近的一处小小的公寓，打开窗户看见的，是卡萨罗马庄严的塔楼，而身边唯一的值钱物，是他小手指上的大钻戒。佩拉特爵士交不起税款“弃城”而去，古堡最终被多伦多市政府收归国有，如今作为博物馆对外开放。

在欧美，对富人来说，遗产税和地产税（或称“物业税”）犹如两把利剑，简直犀利无比。这两种税率已实行了多年。北美的地产税分不同地段的好坏，物业拥有者每年必须按房产的价值，缴纳1%~3%的税金给政府。地产税的“奥秘”就在于，将随着房价的上升而上升，一直升到房主付不起为止，就像佩拉特爵士那样。

付不起税款怎么办？无非就两种选择，作为房主，要么卖掉房子搬离喜爱的区域，要么将卖不掉的房产（连富豪都养不起）乖乖地无偿奉送政府。这把利剑真可谓劫富济贫的奇招啊！

26 路易斯湖城堡的童话

在加拿大的阿尔伯塔省有一个小村庄，里面有个路易斯湖，靠近班芙国家公园，村庄便以路易斯湖而命名，而这路易斯湖又是以路易丝公主卡罗琳·阿尔伯塔的名字命名，她是维多利亚女王和约翰·坎贝尔阿盖尔公爵（1878～1883年的加拿大总督）的第四个女儿。

然而事实上，小村庄原来的名字为拉根，曾经是加拿大太平洋铁路公司的一个车站，建于1890年，之后被搬到卡尔加里遗产公园。而路易斯湖城堡酒店（Chateau Lake Louise）则在班芙国家公园的中心，它和城堡酒店一样，由加拿大太平洋铁路公司建于19世纪末和20世纪初，周围建有旅客中心、杂货店、面包房、熟食店、烧烤餐厅、酒吧和体育用品商店，组成一个小型购物中心。

太平洋铁路公司在路易斯湖建造酒店的最初设想，是因为湖边三面雪山环抱，包括摩斯山、怀特山和尼布洛克山，是气温可低于-50℃、年降雪平均3.3米的亚北极气候，来自冰河的融雪使得湖水碧绿如翡翠，春天风景秀丽异常，宛若人间仙境，冬天白雪皑皑覆盖着静谧的森林，简直就像是一个童话世界。当时铁路是最发达的工业，相当于现在的石油公司，有的是大把钞票。铁路公司决定在铁路沿线建造一座豪华大酒店，以吸引富豪前来度假。

于是早在19世纪末，路易斯湖城堡以及其周围所有的自然区域就都被纳入班芙国家公园。当飞机和汽车取代火车的时候，那一带就已经声名鹊起：可以在森林中远足，也可在翠绿的湖泊上泛舟，冬天除了一般的滑雪，还可滑冰、滑雪板和玩雪橇，以及举行冰雕比赛。目前班芙公园已被联合国教科文组织宣布为世界遗产。

1999年7月初，我和太太小玲慕名跟着旅游团前往班芙，欲一睹路易斯湖的风采。但遗憾的是，我们并没有下榻在一心向往的城堡酒店（这个城堡酒店太有名了，要提前一年才能订到房间），仅仅下车游览了路易斯湖，在附近走走看看拍照留念。临别前，我俩去酒店的咖啡厅小坐了一会儿，喝了咖啡吃完蛋糕，便匆匆地被导游像赶鸭子那样叫上车，玩得非常不尽兴。

路易斯湖城堡

我跟小玲说："我们一定要再来一次，舒舒服服地住在城堡酒店，站在窗前眺望路易斯湖，最好能一起看日出。"因为据导游介绍，路易斯城堡的每一个房间，都能看到翠绿的湖光美景。也正基于这一点，若想在城堡酒店落脚，必须提早一年预订才行（在2001年重返纽约之前，我们总算如愿住进了路易斯湖城堡，这是后话了）。

不过还算好，那一晚我们下榻在班芙附近的温泉酒店（The Banff Springs Hotel），与路易斯城堡堪称姐妹楼，也是加拿大太平洋铁路公司出资建造，由美国建筑师布鲁斯·普莱斯设计，采用的是苏格兰的华丽风格，于1888年6月1日向公众开放。

温泉酒店坐落在壮观的落基山脉旁，美轮美奂自不在话下。除了享受酒店近乎完美的设施和服务外，美食也是我特别注重的。晚餐的时候，我要了一客8盎司沙朗牛排，吃一小块红肉，抿一口红酒，两者轮番交替慢慢咀嚼，嫩嫩肥肥满口溢香，价格也挺合理，一客31.95加元[①]。

---

① 约合200元人民币，在多伦多这样一客牛排约28加元。

酒足饭饱之后，我赶紧去酒店的健身房跑步、游泳，同时也思考着这样一个问题，随着铁路渐渐被汽车和飞机所取代，太平洋铁路公司的股票也下跌了，原本隶属于铁路公司的古堡酒店、路易斯湖城堡和班夫温泉酒店，都先后一一易主，其经营理念也随即发生变化——降低价格，面向我们这样的中产阶层。这样的经营理念，正应了“旧时王谢堂前燕，飞入寻常百姓家”的诗句。只有广大中产阶级都消费得起，这生意才能经久不衰。

27 镀金时代的浓缩品：布瑞克斯山庄

2005年的一个长周末，我和几个朋友驾着车，一路说笑着朝罗德岛方向开去。我们的目的地是新港的范德比尔特豪宅——布瑞克斯山庄（The Breakers），它位于奥克点大道，屹立于制高点上俯瞰着大西洋。

布瑞克斯山庄是美国铁路、航运大王科尼利厄·范德比尔特二世（Cornelius Vanderbilt II）的夏日度假屋，占地53000平方米，整个生活空间约为6000平方米，共有70个房间，耗资超过1200万美元（经调整通胀率，约合现在的3.35亿美元），由著名建筑师理查德·亨特设计。

我们的车子必须停靠在山庄的外围。所以，当我们往山庄的深处走时，从远处望过去，整个山庄的建筑呈意大利文艺复兴时期的风格，相当雄伟壮观。在奥克点大道的入口处，高9.1米的石柱雕刻和铁门走道以及12英尺高的铁栅栏，把除了海景之外的豪宅围了一圈。

而砾石铺成的车道两旁，是成熟的针栎树和红枫树，日本红豆杉、中国杜松和矮铁杉包围着园景露台，起到了屏蔽作用，也保持与邻近住宅的距离感；花坛前粉红、白色的香雪球和蓝色藿香，以及许多其他花灌木，则有效地挡住了马路上的嘈杂声。

我们首先参观了地下室，那是洗衣房和员工们的洗手间。整栋豪宅最大的房间是一楼2400平方英尺的餐

布瑞克斯山庄

厅，镀金的飞檐下方，矗立着12个独立的雪花石膏雕刻，两盏巴卡拉水晶吊灯照亮了整个房间，而且还选用18K、22K和24K黄金镀在贴有兔皮的墙面上，巨大的19世纪风格的橡木雕刻餐桌旁，摆放着34张橡木椅子，极尽19世纪技术所能达到的一切效果。

不知不觉中，我们走到了一楼。这一层设有图书室、门廊、衣帽间、音乐室、台球室、早餐间、厨房、酒窖、正餐厅，二楼是科尼利厄先生和太太及孩子们的主卧房（外加客房）。因为女主人每天得更换7套服饰，所以卧房里有四个走入式大衣橱。三楼的8间卧室和客厅装饰，也全都是路易十六的风格，就连30个仆人的卧房，也是意大利文艺复兴时期的古典法国平顶房。

如果你想寻找美国“镀金时代”的建筑和社会原型，范德比尔特家族绝对是伴随第二次工业革命兴起而暴发致富的美国企业家。假如把镀金时代以一栋房子来浓缩，那么这栋房子就是布瑞克斯山庄。美国上层阶级热衷于模仿和超越欧洲贵族的生活方式，却因其非高贵的血统，常常被欧洲上流社会嘲笑为庸俗的暴发户。

但极其可悲的是，在如此奢华的度假山庄里，主人科尼利厄只生活了一个月，便因中风卧床不起，55岁便去世了。由于山庄高昂的维护费用（包括地税等），他的6个子女中只有小女儿对山庄感兴趣。

不过到了1948年，科尼利厄的小女儿以每年1美元象征性的价格，把山庄出租给非营利性的“新港保护协会”，而该组织在1972年出价365000美元买下了山庄，收8美元一张票对外开放。然而范得比尔特的家人永久拥有居住三楼的权利（不对外开放）。

那天，当我离开布瑞克斯山庄的时候，心想：安德森·库帕会不会在里面度假呢？他是我最欣赏的CNN的主持人，他的“安德森库帕360度”，我几乎每期必看。他的曾外祖父就是科尼利厄·范德比尔特二世，而他依然活出了自己的一番天地。

N°5
CHANEL
PARIS
PARFUM

第四部分

人人都爱奢侈品

28

最贵未必最好

奢侈品，顾名思义，无论是质量还是价格，都是最高档次的商品（并非生活必需品）。英语Luxury源于拉丁“Luxus”，意思是奢侈、放纵、阔绰而富裕的生活方式。

中国清朝思想家顾公燮在《消夏

闲记摘抄》中描述道：“即以吾苏郡而论，洋货、皮货、衣饰、金玉、珠宝、参药诸铺，戏院、游船、酒肆、茶座，如山如林，不知几千万人。有千万人之奢华，即有千万人之生理。若欲变千万人之奢华而返于淳，必将使千万人之生理亦几于绝。”

而奢侈品发展到现在，因其高额的利润和严格控制的品牌，奢侈品市场有各自不同的奢侈区间，被认为对经济的起落有较高的敏感度。在大众文化或者公众的印象中，像鲟鱼鱼子酱、劳斯莱斯轿车和劳力士手表，都已经成为奢侈的代名词，拥有这些奢侈品被认为是地位的象征，购买者以此来凸显自己所拥有的显赫财富。

在全球，约有100多个知名的奢侈品品牌，包括：迪奥、香奈儿、路易威登、范思哲、古驰、华伦天奴、普拉达、阿玛尼、巴宝莉、卡地亚、伊夫·圣罗兰、雅典、朱迪思·雷伯、蒂芙尼、爱马仕、法拉利、海蓝之谜……

犹如其他类型的零售市场，奢侈品零售商也似乎喜欢在相互临近的选址来凸显他们的店铺，从而创造一个购物“目的地”。例如，在纽约的第五大道、洛杉矶的罗迪欧大道、伦敦的新庞德街、巴黎的香榭丽舍大道、墨尔本的科林斯街、都柏林的格拉夫顿街、东京的银座和香港的中环。

只要一踏进这些古老的、极富特点的城市街道，人们便会情不自禁地被沿路的橱窗所吸引，百货大厦、精品店一家紧挨一家，里面的商品可谓极品中的极品，当然了，价格不菲！

在经济学中，奢侈品被认为具有较高的需求收入弹性：随着人们变得更加富裕，他们会购买越来越多的奢侈品。奢侈品的代名词是优质产品。然而，这也意味着收入下降，需求也将下降。

收入的弹性需求相对于收入是不恒定的，会随着收入水平的上下浮动而改变。如果你一天只赚10美元，那么3.5美元一个冰淇淋，对你来说

奢侈品牌林立的纽约第五大道

就是很奢华的一笔开销。而奢侈品对于高收入的人而言可能就是普通商品，甚至是“劣等”商品。举例来说，亿万富翁可能会停止收藏豪华汽车，转而开始收藏飞机。因为在这一收入水平，豪华车对于亿万富翁就是

“劣等”商品，变得毫无收藏价值。

在全球，只有有限的几家制造商能达到“奢侈品”制造的地位，因为他们的产品设计、品质、耐用性和性能都明显优于可比商品。在当下，路易威登集团是全球最大的奢侈品寡头，旗下拥有五十多个品牌的奢侈品供应商，产品包括服装、化妆品、时尚配饰、珠宝、香水、烈酒、葡萄酒和手表，2015年销售额高达357亿欧元，利润为46亿欧元。

开云集团则是第二大奢侈品公司，它是一家以经营服装及配饰为主的公司，拥有大量著名品牌，例如古驰、彪马、圣罗兰、巴黎世家、宝诗龙、芝柏……2015年销售额达115.8亿欧元，利润6.96亿欧元。它由法国皮诺家族控股，公司现任董事会主席兼CEO亨利·皮诺，曾在2013年归还圆明园十二生肖兽首铜像中的鼠首及兔首给中国。

而历峰集团是瑞士奢侈品公司，由南非亿万富翁安顿·鲁伯特创立于1988年，涉及的商业领域有珠宝、高档手表、配件、高级皮具和时装等，2016年营业额110.76亿欧元，利润22.27亿欧元，是世界第三大奢侈品公司。

在现在的商品市场，几乎每一个类别的商品，其“奢侈”的特点都是更优质的部件和材料、时尚的外观、更好的性能和先进的功能。至于那些被公众视为奢华的商品，如豪车、珠宝、名牌服装、大型游艇和豪宅等，在社会经济学中被称为炫耀性消费品，这些商品的质量、性能和外观，并不一定比一般商品来得更好。不过，这一事实并不会阻止人们追求奢侈品的热情，根据贝恩公司的统计，2015年全球奢侈品收入已突破2500亿欧元。

近年来，中国消费者的奢侈品开支正以远超预期的速度在增长。根据中国社科院2010年发布的数据，中国奢侈品市场在2009年年底已增至94亿美元，占世界奢侈品市场27.5%的份额。中国在2014年就已经超过日本，成为世界头号奢侈品消费大国。瑞士手表、法国时尚和意大利皮具都颇受中国消费者的青睐。

因此，需要让更多的中国消费者了解奢侈品，尤其是让有中产收入的白领在众多眼花缭乱的品牌中，购买最适合自己的商品，而不是只买最贵，不问最好！

29

声誉卓著的瑞士手表

论起手表，人们闪过脑际的第一品牌多半便是劳力士。劳力士手表“庄重、实用和不显浮华”的设计风格，不仅体现在最初的标志——一只五指伸开的手掌，寓意其产品完全靠手工精制，也展现在制表商本身所体现的“帝王之气”——人们现在所熟知的皇冠标志上。

早在第二次世界大战期间，劳力士手表已经获得相当的声誉，英国皇家空军飞行员纷纷购买劳力士，来替换精确度不够标准的手表。然而，当他们被捕并送进战俘营时，手表全被没收了。

当德国人威尔斯多夫（Hans Wilsdof，劳力士的创始人之一）听说此事后，立刻提出可以为战俘营的军官免费置换被没收的手表，直到战争结束。一些英国军官便以书信的形式，向威尔斯多夫解释自己被关押在哪个战俘营，劳力士是怎么被没收的。

而威尔斯多夫却非常大度，他表示完全相信英国军官，他们的话就像英国债券般可靠。结果在德国巴伐利亚战俘营，大约有3000名军官定购了劳力士，大大地提高了盟军战俘的士气。因为，这表明威尔斯多夫不相信纳粹能赢得这场战争。

最经典的故事发生在1943年3月10日，“胜利大逃亡”[①]的组织者克莱夫·纳丁下士当时仍然是战俘，他

① 英国飞行员从德国战俘营逃生的真实事件，后来被好莱坞拍成电影。

通过邮件向威尔斯多夫定购了一只不锈钢劳力士，型号为Rolex Oyster 3525 Chronograph（劳力士蚝式3525计时表），其价值相当于现在的1200英镑。

纳丁准备把在战俘营做鞋匠赚来的钱，支付购买劳力士的费用。同年7月3日，一款劳力士寄到了战俘营，威尔斯多夫还给纳丁写了一张便笺，意思是说像纳丁这样的英国绅士，“根本不必为”支付手表的钱而费神，一切等战后再谈。

其实，威尔斯多夫对纳丁已经留下了深刻的印象。纳丁虽不是军官（只是下士），但他定购的劳力士蚝式3525计时表，却比其他军官要昂贵。因为战俘营的大多数军官都定购价格便宜且更受欢迎的体积较小的劳力士。

而实际上，纳丁定购这款劳力士是为大逃亡计时的，它被用来计算狱警的巡逻时刻表，以及1944年3月24日穿过“哈利”隧道所需的时间。第二次世界大战结束后，纳丁为这款特殊的劳力士支付了15英镑，因为当时英国实行货币出口管制。

而第二次世界大战期间美国军人进驻欧洲时，得知了这起事件，它在战争结束后帮助劳力士打开了美国市场。2007年5月，这款具有历史意义的手表在拍卖会上售出6.6万英镑的高价。

劳力士之所以深受大众的喜爱，是因为手表的设计对黄金及904L钢材情有独钟，使得这两种材质构造了劳力士的形、身和魂。自1910年获得第一张官方认证的手表证明书后，公司尤其注重手表技术的创新，1926年蚝式（Oyster）手表诞生，它独创的旋入式表背、外圈和表冠，成为世界首款防水防尘表。在1931年，公司又推出第一款可自动上链的机械装置，而第一款带日历完全防水以及自动转换日期的手表，在1945年再次被隆重推出……

尤其可贵的是，每只劳力士都有地区代码（比如010代表瑞士，100是德国，838是中国，888是香港）、面盘代号（C11代表表面上镶有11颗钻石，3DI为表面上镶有3颗钻石），而且表带内侧刻有英文序号（例如LT代表2009年，英文字后的数字代表月份，LT3即为2009年3月）。劳力士的这些特点曾帮助英国警察破获过一起谋杀案。

百达翡丽的万年历和月相表

事情发生在1996年，加拿大人沃克在经营生意失败后，改名换姓，携带客户的巨款逃到了英国，成为加拿大政府通缉的罪犯。在英国，他诱骗加拿大长大的英国人巴雷特合伙做生意，在骗取巴雷特的驾驶执照、签名章和出生证之后杀害了他，并把尸体抛弃在英吉利海峡，冒名顶替了巴雷特。

两个礼拜后巴雷特的尸体被渔民发现，当时劳力士手表是尸体上唯一能识别的物件。英国警察从手表上的序列号和刻印的特殊标记，确认受害人就是巴雷特，而劳力士完全防水的装置和自动转换日期的功能，使手表在两三天运行后自动停止，因此确定了巴雷特的死亡时间（误差幅度很小）。不久，沃克便被英国警察逮捕。

自此之后，劳力士的声誉更加卓著，以精准耐用与经典的风格广受普罗大众的喜爱。美国NBA球星奥尼尔曾一次购买24只劳力士，分送给他的队友们。

不要以为劳力士手表都很昂贵，不同型号和所用的材料决定了一款手表的价值，价格范围介于650美元到7.5万美元之间（在北美），白领阶层人士也有能力消费。不过，最贵一款劳力士的零售价为485350美元，这种价格比较受极富阶层的追捧。

然而，超级模特卡拉·布鲁尼并不喜欢劳力士，她迷上法国总统萨科齐后的第一件事，就是褪下总统先生腕上的劳力士金表，取而代之的是百达翡丽——这是瑞士仅存的真正独立制表商，由头至尾的部件全由自己生产。训练一名百达翡丽制表师需要10年，维多利亚女王、柴可夫斯基和爱因斯坦都热衷这个品牌。

百达翡丽制作过一款超复杂（有24种功能）的怀表，于1933年出售给了亨利·格雷福斯先生。1999年12月，这块怀表在苏富比拍卖会上售出1100万美元，这是有史以来最昂贵的手表。

因此，近年网上调侃的“穷人玩车，富人玩表”是有其道理的。

30 香奈儿5号的**利益战**

香奈儿5号或许是世界上最著名的法国香水，由巴黎服装设计师香奈尔与法国调香师恩尼斯·鲍共同推出，至今已有近一个世纪了。

有关香奈儿5号最为传奇的故事，是有位记者问美国性感巨星玛丽莲·梦露：你穿什么睡衣入睡？梦露娇媚地回答："A few drops of Chanel NO.5."（我只穿香奈儿5号入梦）。

在传统上，女性香水一贯坚持两个基本类别：淑女们钟情纯粹园林花卉香型，花街柳巷的妓女们则喜爱富有挑衅意味的动物麝香混合茉莉的花香。而1921年推出的香奈儿5号，则完全打破了当时香水的传统精神，她融合了奢华与优雅，表现出女性的勇敢与大胆。

用香奈儿自己的话来说："这就是我要的，一种气味香浓、截然不同于以往的香水……"香奈儿5号先由依兰与橙花作序，然后是五月玫瑰和茉莉的完美混合，再加上乙醛等80种成分，成为世界上第一支乙醛混合花香调制的香水。

"5"是香奈儿的幸运数。1920年，当恩尼斯·鲍把10款香水的样品摆在香奈儿面前时，香奈儿逐一拿起标有1~5与20~24的小玻璃瓶，放在鼻端细细闻过之后，毅然地选择了第5号小玻璃瓶，并且取名"香奈儿5号"。而香奈儿5号香水的发表日，正是5月25日，与香奈儿第5场的时装发表会同时举行。香奈儿自忖

香奈儿5号

"5"会给她带来好运。

然而，残酷的现实并非如香奈儿想象的那样。就在香奈儿5号在销售市场取得成功之际，香奈儿与"妙巴黎"化妆品公司对这款香水的控制战，也达到了你死我活的地步，共持续了二十多年。

原来在1924年，香奈儿与"妙巴黎"的老板韦特海默兄弟——皮埃尔和保罗签署了一项协议：共同创建一个实体企业"香奈儿香水"，由韦特海默兄弟为香奈儿5号提供全部的融资、生产、营销及分销业务，所得回报是占整个公司70%的股份。

作为香奈儿与"妙巴黎"穿针引线的经纪中介，老佛爷百货公司创始人巴德将获得20%的股份，而香奈儿因许可用她的名字注册公司，仅获得10%的股份，同时被剥夺参与公司的经营权。

香奈儿因此气愤地宣称：皮埃尔·韦特海默是"掠夺我的强盗"！因为香奈儿5号，是"香奈儿香水"企业中利润最为丰厚的产品。

然而，第二次世界大战的爆发为香奈儿提供了机会。在战争期间，纳粹扣押了所有犹太人的财产和企业，而控制“香奈儿香水”的韦特海默兄弟是犹太人。香奈儿便以自己是“雅利安人”为理由，在1941年5月5日向德国官员请愿，要求合法获得 “香奈儿香水”的专有权。

香奈儿为自己争取公司专有权的依据是，“香奈儿香水”依然是犹太人的财产，但已经依法被业主“抛弃”了，但“我有一个不争的优先权，因为这个公司的基本业务是我独创的作品，而过去17年我所获得的不成比例的利益……你能帮助我，修复部分我所遭受的不公……”

但香奈儿却没有意识到，韦特海默兄弟预料到纳粹即将对犹太人实行疯狂的行动，早在1940年5月便将“香奈儿香水”合法地转到法国商人、实业家阿米奥的名下。第二次世界大战结束后，阿米奥立刻把“香奈儿香水”交回到韦特海默兄弟的手中。

当时，香奈儿5号的全球销售总额每年为900万美元，相当于现在的2.4亿美元，如此高额的利润令香奈儿下定了决心，要从韦特海默兄弟的手中夺回“香奈儿香水”的控制权。

香奈儿盘算并实施的计划是，破坏顾客对香奈儿5号的信心，摧毁其形象，削弱市场推广及分销。她让人们知道，香奈儿5号不再是原来所创建的“香奈儿”，也不再是按照她的标准生产的香水，现在向公众提供的是劣质的复合产品，一个她不再背书的品牌。此外，香奈儿宣布她将提供一个真实的香奈儿5号，将被命名为“香奈儿小姐5号”，仅提供给少量的客户。

但香奈儿不知道的是，1940年韦特海默兄弟逃离法国后，在纽约设立了一个机构，招募格雷戈里·托马斯为“香奈儿香水”的欧洲使者。他的使命是建立一套机制，专门从法国格拉斯小镇去采购制作香水的关键原料，如精油、茉莉和晚香玉，确保其不间断地供应，以保证香奈儿5号的质量。托马斯后来被晋升为香奈儿美国的地区总裁，任职长达32年。

于是香奈儿的抗争升级了，她把“香奈儿香水”和韦特海默兄弟告上了法庭。《纽约时报》1946年6月3日报道：“诉讼要求法国母公司（香奈儿香水）停止生产和销售以香奈儿命名的所有产品，并归还她的产品所有权，包括产品、配方和制造工艺，理由为‘劣质’”。

而韦特海默兄弟则清楚地认识到，香奈儿在纳粹占领时期的作为（与一位德国贵族发生恋情等），已远离社会模范的形象，法律诉讼的进展情况必然导致被公众监督的困扰。《福布斯》杂志总结了韦特海默的困境：皮埃尔·韦特海默担心“法律争斗，可能会使香奈儿在战时的所为曝光”，这将摧毁她的形象和他的生意。

为避免两败俱伤，香奈儿与韦特海默兄弟最终互谅互让，双方就1924年的原有合同重新谈判。1947年5月17日，香奈儿获得来自香奈儿5号的战时利润900万美元，未来全球每销售一瓶香奈儿5号，她将提取2%的利润，每年的收入将在2500万美元以上，使她成为当时世界上最富有的女性之一。

由此，香水背后商业利益的硝烟战，才总算尘埃落定！

31 皮包的炫富游戏

2013年8月的一天，极其爱逛商场的美国脱口秀主持人奥普拉，身穿唐纳·卡兰的品牌短裙，脚蹬同样品牌的凉皮鞋，没贴假睫毛也没化妆，更没有带随从，一个人晃晃悠悠地进入了苏黎世的一家精品店——Trois

Pommes。

或许是奥普拉长得过于“悲惨”，不够漂亮，抑或是她气势还不够“富贵”，当她要求售货员把锁在货架上的皮包让她看一看时，售货员对她摇头说：不，它太昂贵，你还是看看其他皮包吧！

奥普拉以为自己听错了。先不论她拥有30亿美元的财产，足以买下包括商店在内的整个街区，即便她只是个普通的路人，也可以享有逛商店问价格的权利。况且要论对社会的贡献，她做过无数的慈善事业，获得过奥斯卡最佳女配角奖，是成功传媒企业的典范人物，被评为全球50个最具影响力的名人之一。

奥普拉再次要求看一看那个皮包，而售货员再一次拒绝了美国传媒大亨的要求。她认为或许其他材质的皮包，比如鸵鸟和麂皮，才是奥普拉能够承受的价格范围，而这只标价38000美元的Tom Ford品牌包？不，它绝对不是眼前这黑女人所能消费的。

确实，奥普拉想购买的这款Tom Ford品牌包，是Tom Ford品牌系列中的最高端产品，系用鳄鱼皮制作而成，开出的简直是不可想象的天价，一般的精品店还不够资格销售它呢。但是，这一价格相对于奥普拉1.65亿美元的年收入（根据《福布斯》杂志），还不是小菜一碟？

于是，奥普拉第三次要求看一看皮包。但是，售货员第三次拒绝了奥普拉的要求，似乎惧怕万一打开锁，奥普拉会拿着皮包逃走似的，便借口说她不想伤害奥普拉的感情，这皮包实在太贵了。言下之意是，给你看了也买不起。

无奈之下，奥普拉没买任何东西就转身离开了商店，回到距离商店不远的住处。她是应好友蒂娜·特纳之邀，来苏黎世参加特纳的婚礼的。正逢《今夜娱乐》等媒体的记者都在那儿，奥普拉遭遇歧视的事件被曝光了。

不过，Trois Pommes的经理事后辩解说，这纯属误会："奥普拉只说想看看那个包，她并没有说要取下来，而我的销售助理觉得皮包的价格贵得有点离奇，建议她看其他皮质的皮包。"

事实上，奥普拉遭遇这类事件也不是第一次。早在2005年，她到巴黎的爱马仕店，意欲快速买几个包，店员拦在门口硬是不让她进商店。她听见门口有人叫喊：“他们是种族主义者！”而爱马仕方面却澄清说：“正巧店内举行派对，商店被迫关门！”

尽管奥普拉外出逛街购物时全身上下也穿着品牌服装，但是褪下假睫毛和素颜的她，就好比超人戴上了眼镜，顿时变得面目全非，看上去跟普通路人无甚区别。据盖洛普的民意调查发现，有多达24%的黑人觉得他们在购物时遭到了歧视，而在全球具有非凡影响力的奥普拉也无法幸免。

既然奥普拉被排除在富人之列，那么受到区别对待也在情理之中。其实顶级奢侈品牌商家并不希望普通人进入商店，他们之所以把价格定得如此离谱，经济学家的答案是：这样定价是商家在陷入两难境地后所做出的痛苦抉择：价格太低，利润消失；价格太高，客户流失。但如果你的商品太便宜，你照样可能赚不到钱，大把付得起钱的富人不愿踏进廉价商店掉身价。因此，企业通常不会压低产品的价格，目的是防止高端客人流失，他们要使廉价商品隐形化。

其实这种做法已经存在几百年了。法国经济学家杜普伊特在铁路刚通车时就写道：为何三等车厢不盖车顶？即便建造车顶很便宜，而“公司却这样做了，其目的是防止有能力支付二等车票的乘客去购买三等车票旅行；这虽然打击了穷人，但并不是想伤害他们，而是吓唬富人”。

试想，如果连普通百姓都买得起顶级奢侈品，那么富人还有什么优越感可言呢？在伦敦、纽约、巴黎、意大利和苏黎世的高档精品店，美元四位数的品牌包是很常见的，比如路易威登、普拉达、香奈儿、古驰、爱马仕，标价一般从1000美元或2000美元起。

而事实上，超级富豪所消费的顶级品牌虽然牌子相同，但选择的面料却大不一样，范围从皮革到更昂贵的小牛皮、蛇皮，甚至鳄鱼皮。比如奥普拉喜欢的Tom Ford品牌，其最高端系列是以她崇拜的影星珍妮弗·安妮斯顿命名的Tom Ford Jennifer，售价高达38000美元。

再比如，爱马仕品牌中的Hermes' Birkin系列，是以英国女演员、歌手简·伯金命名的。一款Hermes' Birkin根据不同的材料、数量和不可预知的发布时间，定价范围从10000美元到150000美元不等，它自20世纪80年代被推上市后，便被作为财富的象征。由于其高昂的价格，拥有者非富即贵，极具排他性。2011年，一款红色鳄鱼皮的Hermes' Birkin，在文物拍卖会上拍出了200000美元的高价。

虽然Hermes' Birkin的皮包上没有任何品牌标志，却最为时尚界和公众所认知，长期以来市场需求异常强劲，并不能走进商店随到随买，而是必须先登记，大概要等待6年才能拿到货，这一等待时间打破了历史纪录。

也因为市场需求强劲，在许多国家Hermes' Birkin具有较高的转售价值，尤其在亚洲。因此2010年4月，爱马仕宣布取消等候名单制度，就意味着Hermes' Birkin排他性的时代的终结，超级富翁也就未必再加入炫富的游戏中了。

32 男人品味，尽在配饰中

欧美男士在很多场合都必须穿西服。而论起西服上的装饰，无论是正装，还是时髦的日常着装，最华丽的点缀不是口袋巾，而恰恰是并不起眼的扣眼，它约1厘米长，以粗明线缝在西装左侧的驳领上，不细心很容易被忽视。

这个扣眼还常常被戏谑为“花眼”或“插花纽”，用来插放小饰物如钻石别针和鲜花等，这类饰物被称作“配饰”。配饰在一个人的整体装束中，起着衬托佩戴者外表的作用，其中最引人注目的形式符号就是时尚。

因为时尚的服装加上配饰，极易吸引他人的注视，早在16世纪初，意大利的平民男性就常以帽子徽章作为装饰，有时会模仿军事入侵者的帽徽来提高自己的社会地位。之后的几个世纪，男人的“配饰”多半为炫富的金表、金笔和大金链那种老套设计，现在渐渐被注重仪容的生活品味所替代，花心思在细节上，凸显个性，且紧跟潮流。

男性时尚配饰发展到如今，相比女性配饰，在设计上要低调得多，线条阳刚，强调男人味。设计师为了打破老套的印象，往往会首选皮革、纯银、玫瑰金和白金，或光可鉴人的镜钢等更具时尚感的材质，以因应男性时装比女性沉闷，衣服设计变化不多的缺陷。

比如，我银行证券部门的同事外出推销金融产品的标准装扮是：梳理得顺滑服帖的头发，身着笔挺的西

男性时尚配饰

服，“花眼”上不忘插一枚宝石别针，雅致的衬衫袖扣旁，一款卡地亚不锈钢手镯表（或罗莱克斯金表）戴在手腕上，脚蹬雪亮的皮鞋。他们要用财富的光芒，诱惑对方拜倒在金钱之下。

而每到星期五，大家则可以穿便装。此时配饰便成为时尚男的一个重要组成部分，人人都想争奇斗艳，但又不能太过张扬，最好给人留下低调优雅的感觉。像帽子、围巾、皮带、颈链、挂件、手镯、戒指、钥匙圈、公文包等，就全都能显示出主人的品味。

假如上装是芝麻色衬衫，佩戴Links of London银色锁链和银色颈链是不错的选择，而Piaget品牌的白金戒指配上颈链装饰，阳刚味十足，指环更可转动，男性注重细节的特质亦尽显其间。

由此可见，男人讲究品味，是需要花费金钱和时间去仔细玩味的，而有时配饰能为看起来平淡无奇的造型起到画龙点睛的作用，往往比衣服还昂贵。如一款迈凯伦品牌的不锈钢项链，线条干净，简单的长方形挂件上不带任何宝石，售价竟高达800美元，再加上销售税，就是近1000美元！

“有需求，就有供应”，纽约每年都举办各种配饰展销会，其中Accessories The Show影响较大，汇集了来自各方品牌的设计精品，为期3天。访问者超过95000人，他们平均光顾展厅12分钟，80%的访客做出了业务决策，包括时尚品牌的制造商、供应商和零售商、媒体以及相关团体等，这些人中63%来自北美，其余37%来自世界各国。

如果不是特别关注，大家可能难以想象，就是这些看似“毫不起眼”的配饰，便足以造就一个巨大的奢侈品市场！

33

钻石恒久远，一颗永留传

2013年8月，美国12岁的小男孩迈克尔·戴拉夫跟随家人前往阿肯色州去度假，在闻名全美的钻石公园游玩时，寻获了一颗5.16克拉的巨钻。根据公园“谁找到归谁”的规则，他保留了钻石，并以“上帝的荣誉”命名了这颗钻石。

假如把“上帝的荣誉”切割成标准的圆形，以最好的角度折射出切割性、对称性和抛光性，如果级别被定为极优或优良，从58个切割面（或57个，如果底面被排除）最大限度地展现钻石的光源，价值可达18000美元。

小迈克尔一家兴奋异常，毕竟热爱钻石似乎是人类的共性。法国时装设计师雪奈儿就很爱钻石，她认为“钻石以最小的体积，凝聚了最大的价值”。垄断钻石市场价格的戴·比尔斯的经典广告语“钻石恒久远，一颗永流传”，则把雪奈儿的观点发扬光大了。

但很多时候，我们却不得不舍弃曾经的拥有，只因生活多变幻。比如失业太久，房子即将断供，可能要变卖首饰来套现，此时“一颗永留传”的钻石，会带来无限的烦恼。据《福布斯》的调查显示，2011年是出售钻石最好的年景，因为中国和印度中产阶层的崛起，全球钻石价格飙升了19%。假如一颗钻石放在eBay网站出售，需支付15%的佣金；如果委托经销商出售，则需支付25%~40%的费用，包括估价费、独立宝石鉴定家

世界上最大的钻石被镶嵌在英王的权杖上

的鉴定费和佣金。

或许您会想到直接找买家，便可省却不必要的费用，把升值利润揣进自己的腰包。不过很遗憾，不像黄金有一个量化的熔体值，转售钻石没有一个客观衡量其价格的标准，卖家就头疼了，而潜在买家也没有理由不买新钻石，非要按市场零售价购买您的二手货，他们唯一肯接手的理由（前提是真货）是能跟您讨价还价。

由此可见，尽管钻石市场需求强劲，相当景气，也并不如想象的那样一定能保值增值，如果年景不好，更可能有价无市，唯一不变的是在灯光下熠熠生辉的特点。既然如此，何不花最少的金钱购买人工培育的钻石，以达到相同的效果呢？

目前，世上最大的CVD无色钻石切割之后可达到2.3克拉，外观媲美优质天然钻石。除非借助精密仪器，肉眼根本无法判断两者之区别。不过，鉴于人们倾注于自然钻石的千年情感，可能还无法接纳人工钻石。但是当你阅读了莫泊桑的短篇小说《项链》后，是否会稍稍改变一下想法呢？

女人主人公玛蒂尔德年轻时，总是梦想步入上流社会，过上珠光宝气的奢侈生活。而成年后因无陪嫁，她只能嫁给一味讨她欢喜的低级文员。一天，她丈夫争取到了教育部举办晚会的请柬，并慷慨地把节省下来购买来福枪的钱，给她购置了华丽的晚装，但她还缺珠宝首饰。无奈之下，她向女友借到了最炫目的钻石项链，令她在晚会上出尽风头。不料回家后却发现颈上的项链丢失了。

玛蒂尔德和丈夫倾家荡产，并借助高利贷凑够36000法郎，买来一模一样的新项链还给女友。在随后的数十年，她和丈夫一个铜子掰成两半花，辛苦劳作才偿清债务。一天，她在公园偶遇女友，讲述了丢失项链后购买新项链奉还的事情。女友看着玛蒂尔德被岁月摧残的脸庞，惊异地告诉她，那条钻石项链只是价值500法郎的赝品。

莫泊桑笔下的故事寓意深刻，但仅仅针对钻石项链而言，戴在富人颈上的钻石即便是赝品也像真的，只因他们内心够强大。但我们就不必效仿玛蒂尔德，为了“恒”久远，而“一颗就破产”！

34

征服了女人，意味着征服世界

2013年1月20日，在奥巴马总统连任的就职舞会上，第一夫人米歇尔以一款红色的雪纺丝质露肩礼服亮相出场，吸引了所有人的眼光。此时，明眼人一看便知，米歇尔的礼服是出自女装设计师吴季刚之手。

米歇尔相当喜欢吴季刚的设计风格。2008年11月，当米歇尔还尚未开始总统夫人的“第二职业生涯”时，便购买了四款吴季刚设计的女装，她穿着其中的一款，接受了芭芭拉·沃尔特的专访，表现得相当自信。两个月之后，在总统奥巴马的第一任期就职典礼舞会上，米歇尔穿着吴季刚为她量身定制的单肩白色雪纺曳地长礼服，走上舞台与丈夫翩翩起舞，绽放出典雅、高贵的气质。

那天晚上，吴季刚在家里一边吃披萨一边观看电视球赛，他无论如何也没想到，由他设计的一款晚礼服，就此改变了他的生活。一夜间，他的名字在全美几乎家喻户晓，他的故事顿时成为时尚界的传奇。好莱坞立刻刮起一股“杰森·吴旋风”（吴季刚的英文名 Jason Wu），女明星们纷纷跟随第一夫人，请吴季刚设计晚礼服走红地毯。

吴季刚是个80后，1982年出生于台湾，9岁时随父母移民加拿大温哥华。他从小就痴迷于设计，10岁开始便为自己收藏的娃娃设计服装，世界顶级设计师迪奥、圣罗兰都是他的偶像，也是他成为设计师的原动力。

当年26岁的他在接受媒体采访时说："我的目标，就是在纽约时装周上展示我的作品，在最高档的百货商店设专柜，希望为著名的女性设计，这意味着好莱坞女明星，但我从未想到会是第一夫人。"

自此，美国第一夫人数百次穿着Jason Wu品牌，走访了许多国家，经历了许多国际事件。比如2009年4月，总统奥巴马上任不久，米歇尔便随同丈夫代表国家到伦敦展开第一次正式的欧洲之旅。期间，吴季刚设计的一款黄绿色丝绸礼服，优雅地体现了美国第一夫人的端庄；第二天，她穿着另一件吴季刚设计的大衣，与丈夫一起会见了英国女王伊丽莎白二世。

年轻的吴季刚极富艺术想象力，他的特点是将传统面料与新创意巧妙地结合在一起，从而设计出属于他的女性化优雅品牌，标价不菲。一款串珠丝绸雪纺礼服标价是12700美元，一件鸵鸟羽毛小礼服也高达6036美元，一件印花连衣裙也要1995美元。

不过，这一定价对富豪和权贵夫人来说算不了什么了。像川普的前妻伊万娜·川普、名模詹纽瑞·琼斯、演员安伯·瓦莱塔等，都是Jason Wu品牌的追随者。

然而，吴季刚却无意将设计只停留在服装领域，他在女鞋、手袋、眼镜架子等装饰品领域也尽显才华，而且还在家居用品设计上大展身手，如烛台、椅子、卫生间的水龙头等。他认为女性不该仅仅满足于白色的包装盒（礼服盒），生活是丰富多彩的，他要为她们勾勒出一个斑斓璀璨的世界。

尽管吴季刚已经拥有丰厚的“资本”，完全可以穿行在各种秀场上炒作自己，或者把Jason Wu的名字“借给”某个产品来谋利，但他没有这么做。他埋头于工作室，踏踏实实专注设计，没有兴趣“成为”名人。

黛比·格林伯格是美国高档服饰店路易·波士顿的老板，她相当欣赏吴季刚。一次，她请吴季刚到她的商场合作一个项目，然后发出感叹：这小子这么年轻，却做着大多数美国设计师都不敢尝试的事情，以他的技术和无畏探索的创造力，一定能征服任何设计领域。

法国《嘉人》时尚杂志主编也如此评价：“任何来自欧洲的年轻设计师，都无法和他相比。如果某一天他担任欧洲主要品牌的头牌设计师，我都不会感到惊讶。”

“天生我材必有用。”2013年6月初，一直以男装打响全球市场的欧洲品牌Hugo Boss宣布，任命吴季刚为女装品牌的创意总监，负责整个女装成衣和饰品，并进一步拓展这一领域。他可谓临危受命。因为Hugo Boss的女装品牌每年占整个公司销售总额的11%，而女装销售在2013年一季度下降了5%。很显然，Hugo Boss没有找到女装在经典与舒适之间的平衡，这需要设计师的准确拿捏。

然而，吴季刚毫无疑问是最合适的人选。他早已运筹帷幄，在2014年2月的纽约时装周，推出传统Jason Wu的设计系列，包括服装、手袋和女鞋等，行销全球39个国家。

Hugo Boss首席执行官克劳斯毫不避讳地承认，吴季刚能“加强Hugo Boss女性服饰系列的知名度”，他的国际化风格更能打开亚洲市场，尤其是在上海和香港，Hugo Boss旗舰店也都已经开张。

在时尚界，富有新颖的创意是让一个品牌成为名牌的先决条件，但是否能更上一层楼，进而成为奢侈品，则要看天时地利人和。如果有幸受到第一夫人捧场，那么产生“马太效应”成为Jason Wu，也就顺理成章了。

35 富豪间的游艇竞赛

2013年，举世闻名的游艇“克里斯蒂娜O”（Christina O）投放市场被拍卖，标价为2500万欧元。这艘长99米的游艇极其雍容华贵，其主人曾是希腊船王亚里士多德·奥纳西斯和杰奎琳·肯尼迪（美国前总

著名的“克里斯蒂娜O”游艇

统肯尼迪的遗孀）夫妇。

在20世纪50年代，好莱坞明星玛丽莲·梦露、葛丽泰·嘉宝、贝蒂·戴维斯、弗兰克·西纳特拉、伊丽莎白·泰勒都曾坐着直升机降落在游艇长廊的甲板上，然后通过螺旋楼梯往返于室外游泳池、室内吧台及众多宽敞的休闲区。游艇上的一间主卧房和18间豪华客舱，都曾留下过他们的身影。

如果这艘游艇会说话，她一定会告诉你许多浪漫的故事。1956年摩纳哥王子雷尼尔迎娶好莱坞巨星格蕾丝·凯利，就是在这艘华丽的游艇上举行婚宴，并在船尾主甲板的舞池里，与政要巨贾通宵达旦翩翩起舞。

而奥纳西斯自己与歌唱家玛丽亚·卡拉斯的罗曼史，使这艘优雅的游艇赢得“爱之船”（Love Boat）的美名。卡拉斯作为“爱之船”的临时女主人，曾经帮助奥纳西斯在游艇上主持过无数豪华派对，闻名欧洲大陆，有幸被邀的当地名流无不衣冠楚楚趋之若鹜。

然而，船王突然抛弃卡拉斯，移情别恋美国总统肯尼迪的遗孀杰奎琳，1968年将“爱之船”停靠在他的私人领地天蝎岛，在游艇上完成了“富”与“贵”的联姻。熟知船王的人都知道，奥纳西斯把缔造“克里斯蒂娜O”和迎娶杰奎琳，视为他商业帝国成长的强有力的象征。

“克里斯蒂娜O”原本是加拿大的护卫舰，由加拿大蒙特利尔维克斯有限公司制造，自1943年起服役于第二次世界大战。11年后，奥纳西斯仅花费34000美元便买走护卫舰，却耗资400万美元（相当于今天的4500万美元）把它改装成当年世界上最超级的豪华游艇。

1975年奥纳西斯去世，留下遗嘱把游艇留给女儿克里斯蒂娜。克里斯蒂娜又将游艇捐赠给希腊政府，作为希腊总统的海上专用船。时光荏苒，人事已非，“爱之船”的昔日雄风与辉煌已一去不返。

今天，新的商业帝国如雨后春笋般破土而出，而超豪华游艇随着科技的发展和进步，作为商业大亨们的海上玩物，也改朝换代，与上个世纪相比简直是大相径庭，不能同日而语。

比如，一艘长163.5米的超豪华机动私人游艇“日蚀号”（Eclipse）在2010年12月9日交付使用，其主人是俄罗斯富商阿布拉莫维奇，他颇为自豪地向世界宣布：“日蚀号”是全球最长、设施最齐全的游艇！

此话不假。由德国布洛姆·福斯公司建造的“日蚀号”，拥有两个直升机停机坪、30间豪华客舱、两个游泳池、多个按摩浴池及迪斯科舞厅，另外还配备了三艘发射艇和一艘微型潜艇，能够潜入水下50米深。

为了安全起见，“日蚀号”安装了雷达、近距离武器识别系统和德国制造的导弹防御系统，驾驶舱、主卧舱以及所有客房周围全都安装了装甲板和防弹玻璃。而且为了防止“狗仔队”的追踪，“日蚀号”安装了一套全球首创的“防护盾”，可以自动侦测附近偷拍者的照相机，并发射激光直射镜头，从而破坏对方相片的成像功能。

由于游艇的交付期一延再延，建造成本从最初的4亿7500万美元，后又追加到11.2亿美元，最后总耗资为15亿美元，令船主阿布拉莫维奇有些不快。不过他的等待和投入的资金最终获得了回报。最使他满意的是第五层的主卧舱，总面积5000平方英尺，配有独享的无敌海景游廊，若想观望天上的繁星，只需打开天花板即可（上有自动伸缩装置），躺在床上便可欣赏大自然的美轮美奂。

然而，阿布拉莫维奇才高兴了没多久，另一艘更豪华的游艇“阿扎姆”号（Azzam）于2013年4月5日被推出，长度为180米，高度相当于12辆双层巴士，面积有两个足球场那么大，共有豪华客舱50间，最高时速可达31.5海里，比英国的45型驱逐舰还要快，总排水量达14000吨。

“阿扎姆”号的诞生，迫使“日蚀号”只能退居小弟的位置。这艘游艇的主人相当低调，也可以说很神秘，游艇的设计与建造均在严格的保密中进行，极为复杂，花费4年才完工，堪称游艇史上的里程碑。据猜测，“阿扎姆”号的主人极有可能是沙特王室成员，初步估算总造价为6.05亿美元。

这6.05亿美元还只是游艇的建造成本，一般来说只要游艇一下水，需要大约70名机组人员操作运行，操作和维护游艇至少是建造成本的10%，因此，“阿扎姆”号每年还需要为游艇支付6000万美元维护费。

其实，Yacht（游艇）这一英语单词，是从荷兰及德国东北部（Low German）的地方发音衍生而来，由于游艇轻捷与快速的特性，最初被荷兰海军用来追捕出没于浅水海域的海盗，之后也曾被用来“扮演”过非军方政府的角色，比如运送关税等，后者吸引了富裕的荷兰商人，从而将它发展成私人游艇，专门用来迎接远航归来的舰艇，直至现在的超豪华游艇。

目前“阿扎姆”号游艇名列世界第一，但世界各地的亿万富翁都渴望把他们的名字载入史册，它能站在这一高峰维持多久呢？

36 极度奢侈的“魔鞋”

人征服世界！梦露的话或许有些夸张，但是美国第一夫人米歇尔在奥巴马总统连任的就职舞会上，以红色Jimmy Choo高跟鞋搭配红色礼服，她自信的目光不能说征服世界，但至少征服了总统奥巴马。

其实在那一晚的特殊时刻，整个时尚界对第一夫人究竟会穿哪种品牌高跟鞋充满了好奇，由于绝对保密，事先无人知晓。然而时尚界有这么多种品牌鞋可以选择，比如Christian Loboutin、Manolo Blahnik、Walter Steiger，为什么是Jimmy Choo？

Jimmy Choo（实际上是Chow，因填写出生纸写错而将错就错）的中文名字叫周仰杰，他出生于马来西亚槟城，祖籍广东梅县。20世纪80年代初，周仰杰凭借自己的设计作品，远赴时尚之都伦敦留学，自此在英国开创了他的鞋子王国。

不过刚出道时的周仰杰默默无闻，他在伦敦市中心老旧的大楼里，租房子开设了一间样品陈列室和一个生产车间，订单很少。然而，机会总是留给有准备的人的，在一次鞋子设计比赛中，他的设计吸引了戴安娜王妃，她主动光顾周仰杰的店铺，请周仰杰为她设计鞋子。此后每次戴安娜添置了晚装或礼服，都会与周仰杰一起讨论鞋子的款式，用以搭配服饰。

由于当年戴安娜是引领国际时尚潮流的先驱，她脚蹬周仰杰设计的鞋子周游世界各国，就使得Jimmy

Choo名闻天下。Jimmy Choo品牌纯粹是手工制作，大部分都是针对特定的客户群，像摩洛哥公主等欧洲王室成员和好莱坞女星。她们往往带来自己的礼服，待周仰杰确定面料的颜色后，再设计匹配的鞋子款式。

周仰杰精美的手工制作，引起了《时尚》杂志服装配件编辑梅隆的关注，她认为高档名牌配件市场隐藏着巨大的增长潜力，遂萌生了与周仰杰合作开设成品鞋公司的想法。

于是在1996年，周仰杰与梅隆共同创立了Jimmy Choo品牌公司，周仰杰和梅隆分别拥有50%的公司股份，由梅隆的父亲负责Jimmy Choo品牌在意大利外包制作的事务。

Jimmy Choo品牌获得了巨大的成功，其关键是周仰杰建立的完美工艺和典雅的造型，尽显女性的妩媚与感性。Jimmy Choo的许多鞋子上都装饰着一簇簇羽毛，以及闪闪发光的貂簇石头、施华洛世奇水晶和各种各样的自然石块，还经常选用高档丝绸、华丽和富有异国情调的皮革，如鱼类和蟒蛇皮等。最有名的识别标签是有细腻绑带的凉鞋，被形容为“珍馐美味和致命”的

Jimmy Choo高跟鞋，它们让走红地毯的女星们心爱不已，以不夸张的性感展现脚踝的曲线美。

歌星麦当娜自称Manolo Blahnik是最完美的，但她结婚那天却穿着Jimmy Choo；詹妮弗·洛佩茨、凯特·温斯莱特、维多利亚·贝克汉姆都是Jimmy Choo的忠实客户。

不过，今天当你在北京国贸商城或上海恒隆广场购买一双Jimmy Choo时，它看上去可能非常典雅华丽，但并不是周仰杰亲自设计的。因为他已经于2001年4月以1000万英镑的价格把股权出售给了梅隆，而专注于伦敦Jimmy Choo Couture品牌鞋的设计。

也就是说，只有事先到伦敦18号诺帕丁顿街去预约，才可以获得周仰杰亲自设计的鞋子。而定制一双Jimmy Choo Couture高跟鞋价格不菲，一般定价为1600美元（视皮质的档次而定）。他会以男人细腻的心思和高超的手工技术，打造出你为之疯狂的“魔鞋”，然后在鞋底为你签名，并写上祝福的话语。

可以这么说，Jimmy Choo品牌的标志性地位在于，它摒弃了时尚界一向注重时装设计，而很少关注服

周仰杰设计的鞋子

装下摆以下部分（即鞋子）的传统，使大家的审美和注意力也集中在鞋子上。有人说穿着一双Jimmy Choo，衣服的好坏已经无关紧要。这似乎也演绎了中国人“蹩脚”的说法，意思是说如果浑身上下都挺括亮相，而脚上的鞋子不像样，那就“蹩脚”了，一个人的整体形象便大打折扣。

但是，典雅优美的Jimmy Choo并不是买来逛街穿的，当你欣喜若狂地打开盒盖、穿上脚之前，最好在皮底部分打上一层保护，并且避免鞋子直接与雨水、热气、油脂、酒精和其他易磨损物质接触，否则就犹如“下雨出门不打伞”，皮底会像爬过山似的磨损。

我们毕竟不是王室成员、好莱坞明星，她们的鞋柜里有几十上百双极品高跟鞋，定制的鞋子多半是为了搭配某款礼服（如美国第一夫人以红色Jimmy Choo搭配红色礼服），最多只穿一次，而有些鞋子买来主要只是个人收藏，甚至从未穿过。

比如，斯图尔特·韦茨曼国际高端鞋业公司制作了一双价值300万美元的“丽塔海华斯高跟鞋”，其灵感来自好莱坞明星丽塔·海华斯，鞋跟上镶满了红宝石、蓝宝石和钻石。这双高跟鞋由丽塔·海华斯的女儿雅思敏·阿迦汗公主所收藏。

还有一双“灰姑娘便鞋”也是由斯图尔特·韦茨曼公司制作，左边鞋上镶着一颗5克拉的钻石，价值100万美元，两只高跟是由铂金和钻石镶成。在2004年的奥斯卡颁奖典礼上，歌手艾莉森·克劳斯穿着这双便鞋走过红地毯，当年她被提名为最佳歌曲奖候选人。

其实，几乎每个女孩都梦想有一双漂亮的高跟鞋。但“人不应该去适合鞋子，而应该是鞋子去适合穿的人”。按经济学的术语，就是找到性价比最好的商品。从这一点来看，第一夫人米歇尔就做得刚刚好！

37 当巧克力成为奢侈品

瑞士曾流传着一句有关巧克力的俏皮话："Nine out of ten people like chocolate. The tenth is lying."这句话的中文意思是：每十个人中有九个说他们喜欢巧克力，而那说不喜欢的第十个人一定在撒谎。

传说在很久以前，瑞士社会的等级阶层非常明显，贫民失去工作只能流落街头，无家可归。贵族从来就没有资源共享的意识，他们只顾及自己和他们的财产，象征社会财富的黄金全都掌握在富人手里，整个社会两级分化。

而穷人更穷，富人更富所不可避免的结果，便是上层贵族频繁遭遇暴民攻击，导致黄金不断被窃。于是贵族召开会议，集思广益，以防发生暴乱时黄金被盗。一次休会时，一个陌生的年轻男子进入会议室，他表示有一个方法可以解决瑞士的社会问题：把黄金转移到安全的地方，暴徒就没办法顺手牵羊了。

贵族们听了兴奋不已，急忙询问用什么方法掩藏黄金。年轻人也激动了起来，他故作镇静地说，把黄金转换为巧克力（因为他是巧克力公司的销售代表）就不会引起暴徒的注意。

会议室完全沉默了，因为没人知道巧克力究竟是什么。这时，年轻人拿出精心制作的巧克力，告诉了他们有关巧克力的一切知识。每一个人都喜欢他的主意。于是，贵族们赶紧把黄金全部换成巧克力，并把大量令人垂涎的美味储存在家中。

一如所料，不久后贫民又爆发了骚乱，他们没花太多时间便意识到所有的黄金都失踪了。他们虽然贫困，但绝不愚蠢。既然偷不着任何黄金，窃贼们决定偷走其他东西以示愤怒。贵族家中巧克力的诱人芳香，把他们引入储藏间，窃贼们连吃带拿，欣喜若狂。

暴动过后贵族们返回家中，发现储藏室的巧克力少了许多，便再也不敢嘲笑贫民，但同时又自豪自己拥有的巨额财富，尽管财富的形式是巧克力。而贫民因饥饿偷走巧克力，以此抵御饥饿并品尝了美味，这也足以让他们感到满足。

由此，巧克力在瑞士因完全不同的原因，越来越受到两个不同社会群体的欢迎，每一个人都喜爱巧克力。这种喜爱延续了好几代，使瑞士制造的巧克力一直排在全球前列，誉满全球。

据国际可可组织报道，欧洲人消费了世界上近一半的巧克力，德国平均每人每年要吃掉12.22公斤巧克力，居世界之最，瑞士人均11.7公斤，位居第二。而排名世界前十位的巧克力品牌，美国最多，占据了5个（囊括第二、三、四、五和八名），其余全部出自欧洲。

如排名世界第一位的托伊舍（Teuscher），始于七十多年前瑞士阿尔卑斯山的一个小镇，采取家族经营模式，选用世界上最好的可可、杏仁、水果和最昂贵的天然食材，经过多年的实验，研制出传世的一百多个巧克力品种的秘方，绝对不加防腐剂或添加剂，几十年如一日，诚信经营。

托伊舍最著名的产品是香槟松露，以香槟奶油为主，并巧妙地融合新鲜奶油、黄油和巧克力，那可真是融化在口，甜蜜在心。从瑞士托伊舍厨房生产的新鲜巧克力，每周一次飞往全球的每一家分店。一盒2颗包装的香槟松露标价为6.5美元（北美标价，约合人民币40元），而12颗一盒的就稍微便宜一些，标价是33.5美元。

托伊舍的什锦松露巧克力

然而大家耳熟能详的比利时巧克力歌帝梵（Godiva），虽然品牌名气最响亮，市场开发也最成功，自1966年打入美国市场以来，开设了超过200间门店，更在多家高级百货公司和特色商铺设有逾1000个零售点，排名却屈居第七位。

这倒并不影响歌帝梵极品中之极品的口碑，每年临近情人节，挑选一盒精致包装的歌帝梵给心爱之人，在北美是很普通的礼节，很多世界名人如美国前总统比尔·克林顿、女星伊丽莎白·泰勒都是歌帝梵的忠实粉丝。一盒12颗装歌帝梵的松露巧克力，标价30美元（北美标价），就连普通工薪族都能消费。

不过，有一款巧克力并不是人人都能消费的，它是由丹麦巧克力大师弗里茨·尼帕歇尔所独创。1999年，尼帕歇尔选用法国法芙娜巧克力、鲜奶油、纯正的意大利松露油和法国佩里戈尔黑松露等顶级食材，通过长时间艰难的制作，独创出玛德琳松露，每颗标价250美元，一磅为2600美元，是有史以来最昂贵的巧克力。

如果您想购买玛德琳，必须事先预订，每颗巧克力都印有序列号，并附带制作说明和尼帕歇尔的亲笔签名，使其成为名副其实的奢侈品。

任何东西都可以成为奢侈品，只是一旦成了奢侈品，那就和穷人无缘了。

38 奢侈品的新规则

“奢侈品”这几个字，无论在报章、杂志、电视、广播，或是在网络上，似乎都已被过度使用了。尽管世界经济如此不景气，人们追求奢侈品的热情依然不减。尤其在巴西、俄罗斯、印度和中国这些新兴市场，消费者常常挤满了品牌精品店，只为购买相同的手袋。

这一现象，使经济学家和时尚设计师都无法理解。他们苦苦思索着这样的问题：奢侈品究竟是什么？

曾几何时，购买奢侈品是一种感觉良好的奢侈体验。消费者打扮入时地走进高端精品店，享受着商店提供的香槟，心情愉悦地咨询售货小姐或先生，走出精品店时，品牌购物袋里是仔细包装起来的商品。在大把花钱的同时，当之无愧地享受着贵宾待遇，他们觉得非常自豪。

可是，现在许多奢侈品牌试图复制低廉商品的经营之道，节约成本开设“Outlet”商店，互联网又使人们可以在家轻松购物，消费者根本没必要精心打扮再进商店。如此一来，消费者的购买体验渐渐转变，变成了只消费自己喜欢的产品，并放弃购买历史悠久的奢侈品的体验。

而当下的奢侈品消费市场已形成两个完全不同类型的消费群：一个在“金砖四国”的新兴市场，那里品牌标志是关键，伴随着铺天盖地的广告和宫殿般的零售门店，新富阶层发现了炫耀财富的方式，他们渴望表现与众不同的生活状态。

例如“金砖四国”之一的中国，2010年超越美国成为世界第二大奢侈品消费市场（仅次于日本）。据世界奢侈品协会估算，2008年，奢侈品在中国的消费总金额为86亿美元，占全球奢侈品销售额的25%，至2009年年底增加到94亿美元，占世界奢侈品市场的27.5%。近几年中国的奢侈品消费持续增长，2014年起便超过日本，成为世界第一大奢侈品消费国。

而与此同时，另一个成熟的奢侈品消费市场，比如美国和欧洲，奢侈品的需求也在不断增加，但消费者并不向往成为某个品牌俱乐部的成员，这回归了人们为何要购买“奢侈品”的初衷：他们想要具有个性的、独特的东西。

比如中国的手工制品篾盒、篾篓、篾罐子等，因其外形美观、质地坚韧、工艺精致、风格独特，本身就是饰品，而且还特别轻便实用，深得旧时上海人的青睐，故源源不断地进入上海寻常百姓家。直到20世纪70年代前，大约一半以上的沪上人家，或多或少都拥有此类家什。如主妇们喜欢用篾罐来存放普洱茶，因为在通风的环境里，普洱茶和空气有一定接触，就可继续发酵。存放越久，茶就越香。

现在欧美的奢侈品消费者寻找的就是类似篾制饰品那样的奢侈品，独特且具有个性。假如一件作品上能标有制作者的名字，或购买者本身也参与了制作的过程，便具有了特定的意义，这个作品就是一件奢侈品了，只不过并非奢侈品牌而已。其实这时品牌的名称已不重要，重要的是这件非同寻常的产品。

另一种无品牌的奢侈品是在摩洛哥北部的古城丹吉尔，那里有一家香水商店叫马迪尼，香水业务一直持续了400年。在那个店铺，调香师会根据顾客的品味，调制出符合顾客个性的香水。从个人收藏这个意义上来说，那才是名副其实的“奢侈品”。

当下，老练的消费者无不希望得到这样的消费体验，他们购买的奢侈品体现的是他们，而不是设计师。这就是为什么奢侈品牌越来越多地被分为两类，一类被输送到新兴市场，另一类则提供给成熟的欧美市场的原因。

其实，中国不乏成熟、老练、富有个性的消费者，如舞蹈家杨丽萍女士，她的发型、她的指甲、她的妆容、她的服饰、她的帽子，每一样都体现着她的个性，相信她身上的每一件服饰背后，都有一个故事。因此她每次进入公众视线，无不给人留下深刻的印象——这些服饰只属于杨丽萍，虽然非奢侈品牌，但却是奢侈品。

当然，随着时间的推移，新兴市场也将成为成熟的市场，不过到那时，奢侈品生意的游戏又将定出新规则了。